アリソン・
ベルシャム［著］
池田真紀子［訳］

刺青強奪人 上

THE TATTOO THIEF

Alison Belsham
Makiko Ikeda

竹書房文庫

いつも笑みを絶やさない息子たち
ルパートとティムに

ワン、トゥー、タトゥーを切って
スリー、フォア、もっと《モア》剝いで
ファイブ、シックス、麻薬《フィックス》の快感
セブン、エイト、待《ウェイト》ちきれない

刺青強奪人　上

I

意識のない男の背中から血の染みたTシャツを引き剝がす。みごとなタトゥーが現れた。ポケットに入れていた紙のコピーはくしゃくしゃになっていたが、男の皮膚に彫られた柄と照合するには困らない。街灯の光がちょうどいい具合に届いていて、二つは同じだと確認できた。男の左肩に、黒一色で彫られた円形のトライバル・タトゥーがある。図案化された人間の顔が、円の中心からこちらをにらみつけていた。円の縁から翼が左右に広がり、一つは肩甲骨に、もう一方は左胸に向かって伸びている。彫り物全体に血のしぶきが散っていた。

図柄は一致した。こいつで間違いない。

首筋の脈はまだ感じ取れるが、これだけ弱くなっていれば、抵抗する力は残っていないだろう。体がまだ温かいうちにすませるのが肝心だ。冷えきると皮膚がこわばり、肉も固くなる。そうなると作業はむずかしくなるし、チャンスは一度きりしかない。むろん、生きた人間の皮を剝げば、もっと大量の血が流れ出る。しかし、血が出るくらいはかまわない。

バックパックは、男を茂みに引きずりこんだときすぐそばの地面に置いたままだ。それにしても楽勝だった——夜が更けると、この小さな公園は無人になる。後頭部を一発殴っただけで、男はがくりと膝を折った。物音一つなく。騒ぐことなく。目撃者の一人もなく。ナイトクラブを出たあとこのルートを通ることは知っていた。前にもこのルートから帰るのを見たからだ。人間は実に愚かな生き物だ。この男はまったく警戒していなかった——わたしがレンチを手に背後から距離を詰めたときもまだ、何一つ気づいていなかった。数秒後、こめかみから血が噴き出して地面を濡らした。第一段階は滞りなく完了した。

倒れた男の脇の下に手を差し入れ、石畳の上を大急ぎで引きずった。誰からも見られないよう、茂みに隠れたかった。男は重かったが、体力には自信がある。二本の月桂樹のあいだから男を奥へ引きこんだ。

力仕事のあとで息が上がっている。掌を下にして両手を前に伸ばしてみた。わずかに震えていた。拳を握り、また開く。震える両手は羽ばたく蛾のようだ。心臓も、閉じこめられた蛾のように胸の内側を飛び回っていた。小声で悪態をついた。右手の震えを止めなくては、仕事をこなせない。バックパックのサイドポケットから解決策を引っ張り出した。錠剤のシートを一つ、水の入った小さなボトルを一本。プロプラノロール——ビリヤード選手ご用達のβ遮断剤〔割注／交感神経に働きかける薬。手の震えを止める効果がある〕。二錠のみ、目を閉じて、効いてくるのを待つ。次に確かめると、手の震えは止まっていた。よし、始めよう。

一つ深呼吸をし、バックパックを手で探って革のナイフケースを取り出す。柔らかな革とその表面に浮かんだ刃物の輪郭が指に触れた瞬間、誇らしさが胸を満たす。ゆうべ、一本ずつ丁寧に研いでおいた。今日がきっとその日になるという予感めいたものがあったからだ。

巻き型のナイフケースを男の背中に置いて、紐をほどく。革を広げると、金属がぶつかり合う乾いた音が小さく鳴った。指先に触れた刃はひんやりと冷たい。柄の短い一本を選び出す。最初の切れ目を入れ、剝がす範囲の輪郭をなぞるのにはこれがいい。そのあと実際に剝ぐ段階になったら、刃が反り返ったもっと長いナイフに持ち替える。ナイフはどれも、一財産使って日本から取り寄せたものだ。それだけの価値はある。サムライの刀を作るのと同じ技法で作られている。鍛えた硬い鉄の刃は、まるでバターを刻むように、すばやく正確に切ることができる。

ほかのナイフを男の傍らの地面に置いて、また首筋の脈を確かめた。さっきより弱くなっているが、まだ生きている。頭から流れる血もゆっくりになっていた。そろそろいいだろう。左のももに刃を当て、すばやく深い試し切りをした。男はぴくりとも動かず、息を吸いこむこともなかった。ぬるぬるした黒っぽい血が静かににじみ出ただけだ。いいぞ。作業中に動かれると困る。

ついにこの瞬間が到来した。片方の手で皮膚をしっかりと伸ばし、最初の切れ目を入れる。肩から肩甲骨のとがった先に向け、絵柄の輪郭に沿ってすばやく刃を引く。刃が通った後に赤いリボンが浮かび上がった。指にからみつくそれは、温かい。刃先が道を切り開きながら進んだ。息をひそめる。背筋がぞくりと震え、血液が下半身に押し寄せて沸き立った。

この作業が終わるまでに、男は息絶えるだろう。

こいつは最初の一人ではない。最後でもない。

1　マーニー

針は目にもとまらぬ速さで皮膚を刺し、黒いインクを真皮に染みこませ、皮膚表面に血のバラをじわりと花開かせた。マーニー・マリンズは、折りたたんだペーパータオルを数秒ごとにさっと動かして血のビーズを拭い、クライアントの腕に描いたばかりの輪郭を確認した。ワセリンを薄く塗り、鋭い針を皮膚の奥深くに刺す作業を再開して、永久に消えない黒い線をつないでいく。タトゥーは、皮膚とインクが生む魔法の芸術だ。

マーニーにとって仕事は安らぎだった。規則的な音とともに小刻みに震えるタトゥーマシンを握っていると、いつしか忘我《ぼうが》の境《きょう》に至る。それは心につきまとう過去、決して振り切ることのできない記憶からの一時的な逃げ場だ。

黒と赤。マーニーの手でしなやかな皮膚に刻みこまれていく紋様。血を拭うほうの手で腕をしっかり押さえていても、針先の圧力の下でクライアントの体がびくりと動いた。いまクライアントが感じている痛みなら、マーニーもよく知っている。いったい何時間、タトゥーマシンの鋭い針先に刺されて過ごしたことだろう。だから共感はできるが、それは支払わなくてはならない代償だ——一瞬の苦痛と引き換えに、一生涯、色褪せないものが手に入る。それを奪うことは誰にもできない。

額に落ちてきた黒髪を腕で払いのけたが、すぐにまた目の上に落ちてきて、マーニーは不敬な言葉をつぶやいた。唇を突き出して息を吹き上げ、前髪を横にのけておいて、インクの色を黒からスレートグレーに替えようと、小さな器に入れた水に七本針の先端を浸した。

「マーニー？」

「ん、何？　もう少しがんばれそう、スティーヴ？」

タトゥー施術用のテーブルにうつ伏せに横たわったスティーヴは、マーニーのほうに顔の向きを変えると、苦しげな顔で目をしばたたいた。「そろそろ休憩にしてもいいかな」

マーニーは腕時計を確かめた。三時間ぶっ続けで施術していたとわかったとたん、肩が凝っていることに気づいた。

「わかった。ちょっと休憩にしよう」スティーヴのような常連であっても、三時間はたしかに長い。「はい、よくがんばりました！」自分のスツールのそばの器具スタンドにタトゥーマシンを置く。クライアントのがんばり具合にかかわらず、かならずそう声をかけることにしている。ずっともぞもぞ動いたり小さくうめいたりしていたスティーヴは、決して褒められたものではなかったが。

マーニーにとっても休憩はありがたかった。閉ざされた空間に息苦しさを感じ始めていたからだ。コンベンションではいつもそうだった――人工照明に照らされた大ホール、どんよりとよどんだ空気、周囲の騒々しい話し声。窓が一つもないため、いまが昼なのか夜なのかさえだんだんわからなくなってくる。しかもマーニーは、空が見えない場所にいるといつも不安になった。ここの空気はこもっていて暑苦しく、ホールはタトゥーを彫ってもらっている人々、その様子を野次馬のように眺める人々でごった返している。そこに大音響のロックミュージックや、血の浮いた皮膚にひたすらインクを打ちこみ続けるタトゥーマシンの作動音まで加わって、ますますやかましい。

マーニーは深呼吸をし、首を回して肩の凝りをほぐした。インクと血、それに消毒液のにおいが混じり合って鼻をつく。黒いラテックスの手袋を外してごみ袋に押しこんだ。スティーヴは背伸びをし、腕や指を曲げ伸ばしして血行不良を解消しようとしている。今日、タトゥーを彫り始めたときより、顔が青ざめていた。

「何か軽く食べてきて。三十分後に再開ね」

マーニーはスティーヴの未完成の彫り物を保護フィルムで手早く覆ってから、カフェテリアの方角を指さした。彼を送り出したあと、階段に群がっていた人々をかき分けて一階に下り、非常口の両開き扉を勢いよく押し開けて外に出た。ひんやりした空気を胸いっぱいに吸いこんだとき、あと一分でも屋内で粘っていたらぺしゃんこにつぶれるところだったとわかった。冷たいコンクリート壁に背中からもたれて目を閉じ、人や建物の重みで押しつぶされかけていた肺を楽にしてやることにしばし集中した。

目を開いてしばたたく。ぎらつく人工照明の代わりに、いまは太陽の光が視界を輝かせていた。カモメの群れが甲高い声で鳴きながら頭上を旋回している。ひっそりとした細い通りの先にほんのわずかに見えている海は、誘うようにきらめいていた。塩を含んだ空気を舌先に感じながら、思いきり背を反らした。肩を回すと、骨がぽきぽき鳴った。タトゥーを彫るには年を食いすぎただろうか。でも、ほかに特技はない。それに正直な話、ほかにやりたいこともなかった。十八歳でタトゥーの仕事を始めて十九年、累計で数千平方メートル分の皮膚をタトゥーで飾ってきた。

バッグに手を入れてたばこのパックを探しながら、せまい路地が連なってできた迷路のような界隈、レーンズを歩き出した。祝日とあって、レーンズは観光客でにぎわっていた。きらきらしたものが大好きなカササギのように、ビンテージの装身具やアンティークショップに引き寄せられる人々。結婚式用に理想的なフォーマルウェアや非の打ちどころのないウィングチップシューズを探して、こじゃれたブティックをのぞいている人々。マーニーのお気に入りのカフェはどこも満員だったが、かまわない。どうせコーヒーを飲むなら、今日は外の風に当たりながらにしたかった。そこでレーンズを突っ切ってノース・ストリートを横断し、パビリオン・ガーデンズのオープンカフェに向かった。

注文窓口に長蛇の列ができていた。スティーヴとの約束に少し遅れてしまったとしても、ほんの数分でもよけいに外の空気に当たっておきたい。マーニーは空を見上げた。薄いブルー。夏空のくっきりとした青とは違い、紫がかった柔らかな色合いで、しかも刷毛《はけ》で掃いたような雲がその色をさらに淡く見せている。水平線との境界線は、もやのような灰色をしていた。いかにも春の連休にふさわしい空だ。

「次の方、ご注文は？」

「アメリカン、ブラックで。ダブルにしてください」

「かしこまりました」

「あと、マフィンも一つ」マーニーはふと思いついてそう付け加えた。低血糖対策だ。糖尿病患者にふさわしい選択とは言いがたいが、その分、あとでインスリン量を調整すればいい。

ロイヤル・パビリオンから観光客がぞろぞろと出てきた。たったいま目にした豪華な内装に興奮冷めやらぬといった様子で盛り上がっていた。ロイヤル・パビリオンは一八世紀、ジョージ四世が摂政皇太子時代に建設した、ディズニー映画に出てきそうなインド・

アラビア風の宮殿だ。タマネギ形のドームに細く尖《とが》った塔、淡い色をしたなめらかな漆喰塗りの外壁。まるでウェディングケーキのように豪華で、見るたびにマーニーの頭にはシェヘラザードと『千夜一夜物語』が思い浮かぶ。ブライトンを初めて訪れたその日のうちに、この宮殿と恋に落ちた。マーニーはため息をつき、あたりを見回して座れる場所を目で探した。ベンチはどれも先客がいて、芝生は食べたり飲んだり、笑ったり、ただ日光浴をしていたりする人々で埋まっていた。

そのとき偶然にも彼の姿が目に入って、胃がぎゅっとねじれた。あわてて注文窓口に向き直る。向こうに気づかれていませんように。今日は夫と遭遇したい気分ではない。正確には元夫か――どんなに機嫌がよいときでも次に何をするかはまるで予測不可能だが、複雑な感情を呼び覚ますという意味では、どんなときも魅力にあふれた男。マーニーが十八歳のとき結婚し、十二年前に別れたが、いまでも彼のことを一度も思い出さずに暮れる日はなかった。共同親権が二人の関係をいっそう複雑にしている。〝愛憎〟という言葉はきっと、こういう関係のためにあるのだろう。

思いきって彼のほうを盗み見た。芝生を一直線に横切ってこようとしているティエリー・マリンズは、怒ったように目を吊り上げていた。落ち着かない様子でちらちらと左右をうかがったり、後ろを確かめたりしている。ここで――パビリオン・ガーデンズで何をしているのだろう。会期中はコンベンション・センターに常駐しているはずなのに。彼は今回のコンベンションの主催者の一人なのだ。

「二ポンド四〇ペンスです」

マーニーはコーヒーの代金を支払って厚紙のカップを受け取ると、ティエリーに見つからないよう、カフェの反対側に移動した。動揺して、たばこに火をつける手が震えた。どうしていまだにこんな気持ちにさせられるのだろう。結婚していた期間より、離婚してからの期間のほうが長くなったというのに、彼は出会ったときとどこも変わっていないように見えた。背が高くて細身で、整った顔立ちをしている。黒い肌はタトゥーで埋め尽くされていた。マーニーがタトゥーという命を持った芸術に魅了され、生涯を捧げるきっかけになったのは、彼のタトゥーだった。彼を避けようとしても、結局はまた惹きつけられてしまう。よりを戻しかけたことも数えきれないくらいあるが、そのたびにマーニーの自己防衛本能が急ブレーキをかけて引き留めた。彼を忘れて別の男とつきあう？　その希望はとうにあきらめている。マーニーはたばこの煙を深々と吸いこんだ。カフェイン、ニコチン、深呼吸。目を閉じ、〝薬物〟が効き目を現すのを待つ。

吸い殻を飲み残しのコーヒーに落とし、くず入れを探して近くを見回した。カフェの奥の隅に緑色のプラスチックの大型ごみ容器がある。フットペダルを踏んで蓋を開け、紙のカップを放りこんだとき、すさまじい悪臭が襲いかかってきた。穏やかに晴れた日の公園のくず入れは決していい香りのするものではないが、これは度を越えている。こみ上げてくる吐き気をこらえながら、真っ暗なくず入れをのぞきこんだ。見なければよかったと即座に後悔した。

コカ・コーラのつぶれた空き缶や読み捨てられた新聞、ファストフードの包み紙に埋もれて、何かある。てらてら光る青白い物体は、まもなく、腕と脚、胴体を持つ物体に変わった。人だ。死んでいると一目でわかる。すばやく動くものが見えた――ネズミだ。黒っぽくなった傷口をかじっている。ふいに日光に直撃されたネズミは、驚いたようにきいと鳴き、ごみの下にもぐりこんだ。

思わず後ずさりした。大きな音を立てて蓋が閉まった。

マーニーは逃げるようにその場を後にした。

2 フランシス

フランシス・サリヴァンは目をつむった。聖体拝領の薄いパンが上顎に張りつく。ミサを執行する司祭や周囲の信徒たちの低い声に意識を集中しようとしても、頭はすぐに別のことを考え始めてしまう。

フランシス・サリヴァン警部補。

声に出さず、舌の上でその響きを楽しんだ。明日からそう呼ばれるのだ。昇進して最初の勤務日である明日から。この大抜擢により、二十九歳のフランシス・サリヴァンは、サセックス警察最年少の警部補になる。中等学校の初登校日よりよほど緊張していた。喜ばしいことではあるが、怖い気もする。警察の上層部が大きな賭けに出た証だからだ。たしかに、試験ではずば抜けた好成績を収めた。面接も上出来だった。しかし、経験豊富とはとても言いがたい彼を、なぜこれほど早く昇進させるのか。父が著名な勅選《ちょくせん》弁護士だからか？　そう考えて不愉快な気分になった。

フランシスに昇進を告げたとき、新しい上司であるマーティン・ブラッドショー警部はおもしろくなさそうな顔をしていた。おめでとうとも一度も言われていない。ブラッドショー警部は今回の決定に全面的に賛成したのだろうか、それとも、人事委員会のほかのメンバーの意向にただ従っただけのことなのか。

次にローリー・マカイの顔が思い浮かんで、胃がきりきりし始めた。ローリー・マカイ巡査部長。今回の昇進を見送られ、明日からフランシスの副官となる先輩刑事。先週、ローリーと顔合わせをした。ブラッドショーのオフィスで改まって紹介されたとき、フランシスの何倍、何十倍も経験豊かなローリーは、新しい上司に敬意などかけらも抱いていないことを隠さなかった。一口かじってからリンゴを見たら、ウジ虫のちぎれた半分が残っていた、といったような顔をしていた。フランシスは礼を失しない範囲でよそよそしい態度を貫いた。同僚とあまり馴れ合うと、仕事に悪影響が及ぶ。それにしても、ローリーとの関係はぎすぎすしたものになりそうだ。

ローリーはフランシスがしくじればありがたいと思っている。そして、そう思っているのはローリー一人ではないだろう。

「キリストの血です」

フランシスはぱっと目を開き、顔を上げて、聖餐杯《せいさんはい》のワインをほんの少し飲んだ。

「アーメン」小さくつぶやく。

まあ、気にしてもしかたがない。

だが、やはり早すぎたのだろうか。選考プロセスの初めから終わりまで、フランシスは冷静で自信にあふれていた。筆記試験は昔から得意だ。しかし、そこで高得点を取ったために、自分にはとうてい応えられない水準まで周囲の期待値が上がってしまったのだろうか。若くして昇進するリスクは、警察の人間なら誰だって知っている。真偽のほどは怪しいとはいえ、食堂でいろんな噂を耳にしてきた。〝捜査の基本も知らないくせに〟。〝結果が出なくて当然〟。致命的な失敗をしなくても、担当した事件が一つでも二つでも迷宮入りしようものなら、それだけで出世コースから排除されることになるだろう。

到達感よりも不安のほうが大きかった。フランシス・サリヴァン警部補。昇進を伝えられて以来、夜もろくに眠れていない。いまこそ目の前のことに集中しなくてはならないのに、その力はきれいに吹き飛んでしまった。自分はまだまだ尻の青い若造ではあるかもしれないが、馬鹿ではない。明日から指揮することになる捜査班のメンバーは、彼では力不足だと感じている。それだけの経験がないと思っている。初日に、そして最初に担当する事件で、チームを味方につけなくてはならない。それができないようなら、彼らが正しいということだ――そう、フランシスには無理だということだ。彼が失敗するよう工作しないともかぎらない。ブラッドショー警部もローリーも、注視し、待っている。機を見て、彼をつまずかせる石を足もとに置くだろう。

顔を上げ、内陣を見下ろしているキリスト磔刑像《たっけいぞう》を仰いだ。神の子は、責めるような視線をこちらに向けている。フランシスは急いで目を伏せた。小声で祈りの言葉をおざなりにつぶやいて十字を切り、立ち上がって自分の席に戻った。気もそぞろでいることを咎《とが》められた気がした。

上の空のまま、言葉の意味を心に留めることなく結びの聖歌を歌い、ひざまずいて祈った。つかのま、いまここにいる理由に意識を集中した——母のことを思い、姉のために祈った。二人を世話するヘルパーに感謝の祈りを捧げた。父のためには祈らなかった。

スラックスのポケットに振動を感じ、あわてて携帯電話を引き出したが間に合わず、着信音が鳴り出してしまった。教会の静寂を切り裂く電子音は、たった一度鳴っただけなのに、ふだんより長くやかましく聞こえた。何人かがこちらを振り返り、女性の一人は腹立たしげにしーっとささやいた。フランシスはあたふたと電話をミュートにし、ウィリアム神父のほうをうかがった。

それから後ろめたい思いで顔を伏せ、届いたばかりのメッセージにこっそり目を通した。

マカイ巡査部長からだった。

一日前倒しで始動。死体発見の通報あり。現場はパビリオン・ガーデンズ。

ミサが終わると一番に信徒席を立ち、教会の後ろの開けっぱなしの扉から外に出た。ポーチにウィリアム神父がいて、いったん唇を引き結んだあと、話しかけてきた。

「フランシス」

「お詫びの言葉もありません、神父様。電源を切ったつもりでいました」

「そのことなら気にしなさんな。それより、ミサのあいだずっと、悩みごとでもあるような顔をしていたね。相談事があれば聞くよ」

「はい、ぜひ聞いていただきたいです」フランシスは本心からそう言った。「でも、今日は時間がなくて。死体が発見されたという連絡がついさっき」

ウィリアム神父は何かつぶやきながら十字を切った。それからフランシスの腕に手を置いた。「世の中には悪い人間が多すぎる。きみのその仕事は心配だよ、フランシス。絶望との境目を歩き続けるようなものだろう」

「ぼくが歩いているのは境界線の正義の側ですから」

「最終的に裁くのは神だ。そのことを覚えておきなさい」

中年の女性が肘でフランシスを押しのけた。ほかにも神父と話したがっている人がいる。

〝最終的に裁くのは神〟。フランシスはその言葉を胸のうちで繰り返した。死んだあとならば、たしかにそのとおりだろう。しかし地上では、人が働いた悪事を追及するのは自分のような人間の役目だ。自分の仕事は殺人者を追い、法の裁きを受けさせること。たったいま、最初の仕事が発生した。失敗などしてなるものか。だから、神よ、どうか力を貸してください。

だが、たとえ天の助力を得られなかったとしても、自分の力で解決してみせる。

3 フランシス

フランシスの車はニュー・ロードをそろそろと進んだ。青い回転灯を閃かせても、祝日に街へ繰り出した人々は道を譲ろうとしなかった。シェアド・スペース〔割注／「歩車共存空間」、道路と歩道の区別を明確にしない道路形態〕などクソ食らえだ――どこまでが自分の通り道で、どこまでが他人のそれなのか誰にもわからず、よって誰もが全部を自分の通り道と考える。サイレンを一瞬だけ鳴らし、のろくさい家族連れにどいてもらおうとしたが、にらまれて、フランシスは眉を吊り上げた。

パビリオン・ガーデンズの前、ベンチが並んだ一角に車を停めた。子供にアイスクリームを食べさせていた女性が自分の行く手を邪魔したフランシスに向かって顔をしかめたものの、そこに集まっていた人々のほとんどは、フェンスの向こう側で警察がしていることを一目見ようと首を伸ばすのに忙しくて、フランシスの車が来たことに気づいていなかった。現場一帯に標識テープが張り巡らされ、野次馬が立ち入らないよう数人の制服警官が目を光らせているのを見て、フランシスはひとまず安堵した。

身分証明書を見せると、即座に立入を許された。ローリー・マカイがめざとくフランシスを見つけて近づいてきた。大きな体の頭のてっぺんからつま先まで、現場検証用の白い紙のカバーオールで完全防護している。

「マカイ巡査部長」フランシスは挨拶代わりに小さくうなずいた。「現場の状況を詳しく教えてもらえますか」

「その前にカバーオールを着ないとな、ボス」ローリーは刺すような視線を向けた。「車のトランクに予備がある」

ローリーの案内でノース・ゲートに向かった。庭園《ガーデンズ》からゲートを出てすぐのところに車が何台か停まっていて、そのなかに銀色のミツビシ車があった。フランシスはカバーオールを用意してこなかった自分を胸の内で罵《ののし》った。それに、ノース・ゲート側に回ればもっと楽に車を停められたのに、そんなことにはまるで思い及ばなかったことについても。

「もうちょっと早く来るかと思ってたんだがな。初めての事件とはいえ、ね」

フランシスは無意識のうちに肩をすくめた。「教会にいたもので、マカイ巡査部長。本当なら、メッセージも受け取れていなかったところです。少なくとも、教会から出るまでは」

「なるほど」

ローリーの顔をほんの一瞬、薄ら笑いがよぎったのが見えた。

ローリーは車のトランクを開け、カバーオールをフランシスに差し出した。フランシスはカバーオールを身に着けながらトランクのなかをさりげなくのぞいた。瓶入りのステラ・ビールが三ケース、缶入りのハイネケン・ビールが二ケース。バーベキュー用の炭。ローリーの日曜日の過ごし方がわかったような気がした。

「サイズは合うはずだ。気をつけて着ろよ――すぐ破けるから」

「着るのは初めてってわけじゃありません」フランシスは言い返した。

カバーオールはワンサイズ小さすぎた。ズボンの丈が短すぎる。ローリーは車の側面にもたれかかり、電子たばこを吸いながら待っていた。

「行きましょう」フランシスはカバーオールの袖の具合を直しながらローリーを促した。

ローリーがトランクの蓋を閉め、二人は来た道をたどってカフェに向かった。

「当番の巡査部長が電話を受けたのが午前十一時四十七分。パビリオン・ガーデンズ・カフェの裏のごみ容器に死体があるって通報だった。その時点での情報はそれだけ」

「通報者については？」

「女の声だったそうだ。巡査が名前を尋ねたときにはもう、電話は切れてた」

「発信元の番号は通知されていたのでは」

「プリペイド式の携帯電話だ」

まずは電話の追跡からということになりそうだ。

「死体は？」フランシスは先を促した。

「男性、着衣なし。頭に一目でわかる殴打痕、左肩から胴体にかけて大きな傷。身元はまだわからないが、タトゥーだらけだから、それが手がかりになるだろう」

「ほかには？」

「死体が運び出されたら、ごみ容器の検証を始める。いまはまだローズを待ってるところだ」

検死医のローズ・ルイス。仕事ぶりに信頼の置ける人物だった――平の刑事だったころに二度、一緒に仕事をしたことがある。

「よし。いまのうちに見ておこう」フランシスは言った。

カフェに向かって歩いているあいだに、ローリーの電話に着信があった。「はい、いましがた到着しました……現場を確保して、鑑識に仕事を始めてもらってます。検死官には連絡しました、ええ……」

相手の声にしばし耳を澄ましたあと、ローリーはうなずいた。「はい、いまはもう電話も通じると思います。さっきは教会にいたとかで」

その声の調子から、自分が教会に行っていたことについてローリーがどう思っているのかは明らかだった。フランシスは歩くペースを上げた。初めて采配を執る捜査がこんな風に始まることになるとは。

ローリーは芝生を突っ切り、カフェの裏手に回った。緑色のプラスチックの大型ごみ容器が設置されている。近づくにつれ、内容物が放つ悪臭が漂ってきた。フランシスは口で息をするようにした。吐き気がこみ上げ、口のなかに唾液があふれ出したが、どうにかこらえた。白いカバーオール姿の鑑識員が現場周辺にひしめいていた。距離を測ったり、写真を撮ったりしている。

「開けてくれ」ローリーが指示した。

ごみ容器の前で番をしていたのは、トニー・ヒッチンズ巡査だった。フランシスとマカイが近づいていくと、自分はなかを見ないようにしながらフットペダルを踏んで蓋を開けた。フランシスはラテックスの手袋をはめてごみ容器に歩み寄った。

ヒッチンズの顔は見るからに青ざめている。フランシスがすぐ隣に立ったところで、ヒッチンズの腹や胸が上下し始めた。唇は一文字に引き結ばれている。

「吐くなら現場の外でやってくれ、ヒッチンズ」

ヒッチンズは全速力で芝生の上を駆けていき、フランシスは閉まりかけたごみ容器の蓋をつかんで支えた。ヒッチンズは青と白の標識テープをくぐるやいなや体を二つ折りにし、日曜の朝食の未消化分を芝生にぶちまけた。

「やれやれ」フランシスはつぶやき、ローリーは首を振った。だが、どちらも相手の目は見なかった。死体を見て吐いたことが一度もない警察官などいやしないし、誰も認めないだろうが、最後に吐いたのはわりあい最近の話のはずだ。

フランシスはごみ容器に向き直り、覚悟を決めてなかをのぞいた。ヒッチンズの醜態を繰り返さずにすむよう切に願った。今日だけは勘弁してくれ。

それが見えた。男の死体。警部補の立場で初めて扱う殺人事件の被害者。その出会いは、どこかブラインドデートに似ている。これからの数週間、数カ月で、ほかの誰より深く知ることになる相手との関係の出発点。被害者について、当人の家族よりよほど多くを知ることになるだろう。被害者の家族を震撼させるような秘密を掘り出すことになるだろう。しかし今日のところはまだ、被害者は見知らぬ他人だ。灰色がかってぬるついた肌をして、周囲を取り囲む生ごみと同じように腐りかけている他人。しかしフランシスは、部下とともに、この男の生きた世界の奥深くまでもぐりこみ、何が彼を動かしていたのか、どんな人物が彼の死を願ったのか、すべてを掘り起こすことになる。

目の前の衝撃的な光景を記憶に刻みつけた。ねじれた手足、青ざめた皮膚。顔や胴体のネズミにかじられた部分から赤黒い肉がのぞいている。母親でも、これが自分の息子とは見分けられないだろう。このイメージが燃料となってフランシスの怒りを煽り立て、集中力を研ぎ澄ますだろう。

「マカイ巡査部長？　マカイ巡査部長！」

フランシスは声のしたほうを振り返った。ローリーはすでに規制線に向かって歩き出している。首からカメラをぶら下げた男が待っていた。記者だろう。

「トム」ローリーは小さくうなずいた。「きっと来やがるだろうと思ってたよ」

「悪いな、毎度押しかけて」男はにやりとした。「で、どんな事件だ、マカイ？」

「話せることはまだないよ」ローリーは答えた。「タイミングを見て報道向けの情報を出す。それを待ってくれ。だからほら、さっさと失せろ」

ローリーは向きを変え、フランシスのところに戻ってきた。「あいつには要注意だ。『アーガス』〔割注／ブライトンの日刊紙〕のトム・フィッツ。事件が起きると、蕁麻疹《じんましん》みたいにどこからともなく湧いてくる」

「しかし、こんな直後に、どうやって？」フランシスは訊いた。

ローリーは肩をすくめた。「警察無線を傍受したり、電話番の制服警官に酒をおごったり」フィッツをよく思っていないらしい。

「機嫌を取っておいたほうがいいでしょうね」フランシスは言った。「マスコミが役に立つことだってあるだろうから」

「ローズが来たな」ローリーは唐突に話題を変えた。記者相手のゴマすりにまるで興味がないようだ。

そのとき、親しげな声が聞こえた。「サリヴァン警部補」

振り向くと検死医のローズ・ルイスがいて、さっきよりは顔色のよくなったヒッチンズに、袋に入ったさまざまな用具の置き場所を指示しているところだった。ローズは並外れて小柄な女性で、一番小さいサイズのカバーオールでもまだ大きすぎ、ごみ容器をのぞくのにも爪先立ちにならなければ届かない。

「あらら、無惨なものね」ルイスは言い、ヒッチンズに向き直った。「どこかから脚立を調達してきてもらえる？　この状態で写真を撮りたいの」

「了解しました」

「おめでとうって言っていいのよね？」ヒッチンズが脚立を探しに行ってしまうと、ローズはフランシスに訊いた。

「ええ、ありがとうございます」フランシスは応じた。「三連休の週末、いかがお過ごしですか？」

「いまになってようやく楽しくなってきたわよ。もしかして、昇進して最初の事件？」

フランシスはうなずいた。

「だったら、何が何でも解決しなくちゃ」

わざわざ言われなくても、自分が一番よくわかっている。

しくじった場合の報いも。

4 マーニー

ありったけの勇気をかき集めて警察に通報した。いま話している相手は警察官なのだと思うと、死体を発見したときよりよほどパニックに陥りかけた。短時間で話を終え、自分の名前は教えなかった。警察と接点を持ったというそれだけのことがきっかけになり、できることなら思い出したくない過去に引き戻されてしまう。あのとき、警察とは金輪際関わらないと決めたはずだった。

コンベンションの会場にようやく戻ったが、そもそもスティーヴを三十分も待たせた上に、やっと手の震えが止まったのは、セッションを再開してさらに三十分も過ぎてからだった。しかし、死体を発見したことをしかたなく打ち明けると、スティーヴはたちまち機嫌を直した。そして当然というべきか、いやらしいまでの関心を露《あら》わにした。

「死体なんて、おれ、一度も見たことがないよ。よく臭いっていうけどさ、どうだった？警察はすぐ来たの？」

おかげで頭痛がし始め、マーニーはこの日最後の予約をキャンセルした。夜、ニンベンションが終わるころには精も根も尽き果て、泣きたい気持ちになっていた。死体のイメージが脳裏に何度も蘇り、あの臭いがまだ鼻の穴にこびりついているような気がした。パピリオン・ガーデンズになど行かなければ。警察と話したせいで、あんなに苦労してやっと心の底に押しこめた記憶がまたもや頭をもたげ、不安はますますふくらむ一方だ。

翌日に備えて道具類を片づけ、一人で海辺を歩いた。頭を冷やしたかった。今日見た光景をどうしても忘れられない。濡れた皮膚、それをぬらりと光らせていた陽射し。皮膚の一部がまだらに黒く変色していた。初めは痣《あざ》だと思ったが、すぐに悟った。あれはタトゥーだ。まるで動画を一時停止したように、そのイメージがまぶたの裏に焼きついている。しかもそれを見るたびに、細かな部分が少しずつ鮮明になっていく。胴体の右側にあったタトゥー――祈りの手《プレイング・ハンズ》。片方の脚のふくらはぎには、モノトーンで描かれた聖セバスティアヌス。矢で射られた傷だけが赤で強調されていた。

死体の記憶を頭から締め出し、目の前のことに集中しようとした。海辺は人と車で混雑していた。背後から甲高いモーター音が近づいてきて、マーニーは振り返った。二十台から三十台ほどのスクーターの集団が走ってくる。どのスクーターも、必要以上の数のミラーやアライグマのしっぽ、ペンダントや旗で飾り立てられていた。三連休に街にやってきたモッズだろう。ライダーの服装もスクーターと同じように特徴的だった。パーカ、ストライプ柄のブレザー、ハッシュパピーの靴、ザ・フーのワッペンやバッジ。追い越していくスクーターの音がマーニーの神経に障った。

空は暗くなりかけている。街灯のナトリウムランプの光を浴びて何もかもが柔らかな琥珀色を帯びていたが、マーニーはもっと暗い場所、もっと静かな場所に行きたいと思った。喉の奥に噛みついてくるような冷たい空気の感触を楽しみながら、ビーチに続く石段をゆっくりと下りた。

ちょうど干潮だった。マーニーはぎしぎしと鳴る砂利を踏んで波打ち際まで歩いた。ここは寒くて暗い。桟橋《ピア》の喧噪を波のうなりやささやきがかき消している。波の音は、タトゥーマシンの耳障りな音と同じで、不思議な魅力で人を惹きつける。塩気を含んだ空気で肺を満たし、疲労のたまった右腕の筋肉をもみほぐしながら歩いた。明日はまた朝から晩までタトゥーを彫らなくてはならない。

人気《ひとけ》のないビーチを見渡す。マーニーの視線は、五十メートルほど沖に浮かぶ木の骨組みで止まった。焼失したウェスト・ピアの残骸だ。暗い海にシルエットを描く骨組みは、桟橋が焼け落ちたあともそのまま放置されている。陸地との結びつきを断たれて孤島となったいま、そこに住むのは、はるか遠い昔の行楽客や小物ギャングの亡霊だけだ。

今日、死体を発見したのだと、またもや思い出した。もしも自分が見つけていなかったら、あの男性はどうなっていただろう。どこかの埋め立て地にごみとして運ばれ、そこでゆっくり時間をかけて朽ち、骨と歯の詰め物を残して消えていただろうか。肉体は食われ、同時にタトゥーも消えただろうか。死体をかじるネズミの舌に、インクを入れた肉の味は違って感じられるのだろうか。露出した赤い肉に群がってもぐりこむ太った白いウジ虫にとってはどうだろう。そんなことを考えていると、身震いが出た。

あの男性をくず入れに放りこんだ人物と彼を死なせた人物は、きっと同一人物に決まっている。警察がその人物の正体を暴いて捕らえてくれますように。家のすぐそばでこんな事件が起きたのだと思うと、不安にとらわれた。

体が震えた。ここに来たのは、頭を冷やして気持ちを鎮めるためだった。今夜ちゃんと眠れるように。だが、この調子では無理そうだ。薄手のカーディガンを羽織り、パレス・ピアの方角に向きを変えた。ウェスト・ピアは死んだも同然だが、パレス・ピアは生命と活気にあふれている。風がやんだ。マーニーはゆるやかに登っているビーチを歩き出した。砂利を踏む自分の足音が聞こえた。昼間はいつもたくさんの人でにぎわっているのに、この時間帯には急に寂しい場所になる。

そのとき、女性の叫び声が響いた。

風が起こした小波が池の水面に広がるように、マーニーの全身に鳥肌が立った。胸が締めつけられた。マーニーは勢いよく振り向き、闇に目をこらした。

一瞬の間をおいて、甲高い笑い声が聞こえた。さっきと同じ女性の声だった。男性の笑い声も加わった。マーニーは大きく息を吸いこみ、早鐘を打つ心臓をなだめようとした。それから誰もいないビーチをななめに横切って、さっきと同じ石段から遊歩道に戻ることにした。

前方のパレス・ピアを一瞥した。栈橋を陸に固定している頑丈な鋼鉄の支柱のあいだで、人が影絵のように動いている。海の泡がふわりと漂うなか、どこからか男の声が飛んできた。

「一人かい、おねえさん？」

マーニーは顔をそむけた。くたばりやがれと心のなかで言い返した。

「いいじゃないか、来なって。一緒にお楽しみといこうよ」別の声が聞こえた。さっきよりも近い。

マーニーは男たちを無視し、急ぎ足で石段を上って遊歩道に戻った。

夜間は静かなケンプタウン地区を歩いて家に向かうあいだも、同じイメージが何度も脳裏に浮かび上がった。死体の脚にあった聖セバスティアヌスのタトゥー。理由はわかっている。ティエリーの作風に似ているからだ。とくに、矢で射られた傷だけが赤で強調されているところが。そうだ、ティエリー。今日、コンベンション会場にいるはずの時間帯に、彼がパビリオン・ガーデンズにいたのはなぜだろう。

神様お願い。どうか妙なことになりませんように。

死体のタトゥー。本当にティエリーの彫ったものということはありえるだろうか。おそらく違うだろうし、たとえそうだったとしても、何の関係もないだろう。関係があるわけがない。こうして意味もなく過去と結びつけるのをやめなくては。ティエリーのこととなると、どうしても冷静になれない。心をティエリーに握られているも同然で、どれほど否定しようとしても、彼の支配は強くなる一方だ。ティエリーとくず入れの死体に関係があるはずがない。自分に起きることを端からティエリーと結びつけようとするのは、彼にまだ未練がある証拠だろう。

角を曲がってグレート・カレッジ・ストリートに入ってすぐ、家のリビングルームに明かりが灯っているのが見えた。アレックスが帰宅しているようだ。十八歳の息子に母親のこんな顔を見せたくない。深呼吸をして気持ちを落ち着かせ、ポケットから携帯電話を取り出した。ふだんならティエリーに連絡しようと思うことはないし、彼に対する想いを表に出さないようにしているが、何かあったとき頼りたくなる相手は、いつもかならずティエリーだった。番号を押してティエリーの応答を待つ。声を聞けば、それで安心できるだろう。

「ティエリー?」

伝わってきたのはホワイトノイズだけだった。次にバーの喧噪が加わった。

「マーニーか?」フランス語が母語のティエリーが発音すると、〝マーニー〟が〝マニ〟に聞こえる。

「そう、わたし」

「マーニー! いまみんなで飲んでるんだ。来いよ、一緒に飲もう。シャルリとノアが会いたがってるぞ」

シャルリとノアは、ブライトンで唯一、所属アーティスト全員がフランス人のタトゥー・スタジオ、タトゥアージュ・グリのティエリーの同僚だ。二人の声が背景で聞こえている。女性の笑い声もしていた。〝タトゥー・グルーピー〟だろう。コンベンション目当てでブライトンに来ているのだ。そんなところにマーニーがのこのこ出かけていくと一瞬でも考えるなんて、ティエリーはどうかしている。

「断る。それよりあなたがこっちに来てよ――話があるの」ふいに、いますぐにでも会いたくなった。同時に、そう思った自分に嫌気がさした。ティエリーは、自分のためにならないとわかっているのにやめられないドラッグのようなものだ。

「話? どんな?」

「今日、ひどい目に遭ったの」ティエリーのため息が聞こえた。

「あのね、ティエリー、今日、死体を見つけたの」ふだんより一オクターブくらい声が高くなった。「怖いの……」

「おいおい、ちょっと待てよ。そりゃいったい何の話だ？　警察には電話したんだろうな」

「したに決まってるでしょ。でも、あなたと話したいことがあるの」

「いや、疲れてるんだ、愛しい人《シェリー》。第一、死んだ人間になんぞ興味はない」

「やめてよ、ティエリー。知り合いだったとしても同じこと言えるの？　アレックスだったら？」

「死んだのはアレックスじゃないだろ。つい一時間前に話したばかりだからな。ペッパーに餌をやってるところだった。ドッグフードが切れてるって言ってたぞ」

ペッパー――マーニーのブルドッグだ。

「ねえ、来てよ、ティエリー。お願いだから」

勘弁してくれというようなうめき声が聞こえた。以前はその声が大好きだった。フランス式に肩をすくめるしぐさが目に浮かぶ。「おれをベッドに引きずりこもうって魂胆なら……」

「うぬぼれないでよね」マーニーはぶちりと電話を切り、家に入った。

「ママ！」アレックスが玄関に出てきてマーニーを抱きしめた。「今日はどうだった？」

マーニーはせいいっぱい背筋を伸ばして微笑んだ。「上出来かな。まずまずの仕事をしてきたよ。常連が一人と、飛び込み客二人。そっちは？」

アレックスは肩をすくめた。「ひたすら試験勉強。うんざり」

パスタとワインで夕食をすませたあと、マーニーはニュースを見ようとテレビの前のソファに腰を落ち着けた。アレックスはサッカーの試合を見たがっていたが、マーニーはリモコンを渡さなかった。あとで思えば、チャンネル権をさっさと譲るべきだった。

「……ブライトン・パビリオン・ガーデンズで発見された死体に関して、警察は、匿名の通報者に名乗り出て事情聴取に応じるよう呼びかけています。大型ごみ容器で発見された男性の身元はまだ判明しておらず……」

「えーと、アレックス、まだスコアが動いてないか、見てみたら」マーニーは、手が震え出したのを悟られないように用心しながら、アレックスにリモコンを渡した。

「いや、ちょっと待って——ブライトンで殺人事件が起きたってことだよね。ここじゃ事件なんか起きたためしがないのに」

しかしマーニーはそれ以上聞きたくなかった。「裏でゴールが決まっちゃってるかもよ」

ニュースキャスターは、数少ない事実を伝えただけで、すぐに次のニュースに移った。アレックスがチャンネルを変えた。幸いゴールシーンを見逃していることはなかったが、退屈な試合だった。

アレックスは試合に関心を失った。「コンベンションは?」

「よかったよ。パパのおかげかな——いろんな都市がコンベンションをやってるけど、いつもブライトンが一番だもの」

「ねえママ、パパとよりを戻そうって気はないの?」

マーニーはワインにむせ、咳きこみながら首を振った。「そんな考え、いったいどこから出てきたのよ?」

「だって、いまでも仲いいだろ」

「まあね」十八歳の目には、世の中はそういう単純な場所に映るのだろう。

「それにパパにはその気がありそうだし」

そうだろうか。それとも、遊びの恋愛をするチャンスがそこらじゅうに転がっているような職業を持つ独身男の生活を手放したくないと思っているだろうか。マーニーはため息をついた。「問題は、パパは結婚そのものが苦手らしいってことじゃないの。結婚の実際的な側面があまり得意じゃないだけ」

「完璧な人間なんていないよ。ママだって完璧じゃないだろ」

マーニー・マリンズは夢を見ない。夢など見られない――夢は苦しすぎる。ベッドに入ってもやはり眠れなかった。目を開いて漆黒の闇を見上げていた。眠るのをあきらめたあともずっと、心はあてもなくぼんやりと漂い続けた。アレックスの声が耳に蘇る。

〝ここじゃ事件なんか起きたためしがないのに〟

しかしいま事件は起き、マーニーはそれに巻きこまれかけている。一人の男性が死んだ。その男性の何かがマーニーの心の暗がりにある一角をしきりにつついている。見覚えのある何か。いったい何がどう結びついているのだろう。あの男性がブライトンの住民で、ブライトンでタトゥーを入れたのだとしたら、マーニーも知っている相手なのかもしれない。だが、可能性は低いだろう。タトゥーを入れているブライトンの住民はそれこそ何千人もいるのだから。それに、たとえあの男性が本当にティエリーのクライアントだったとして、だからどうだというのだ？　ティエリーが殺人に関与している証拠にはならない。

マーニーはベッドサイドランプのスイッチを入れた。まぶしくて、視界が真っ白に飛んだ。まぶたを閉じ、胸の奥から湧き上がってくる嗚咽《おえつ》をこらえた。ティエリーが関係しているわけがない。覚醒と眠りの境界にある底なしの溝に思考が吸いこまれてしまっただけのことだ。起き上がると、部屋がぐらりと揺れた。喉の奥に苦いものがこみ上げた。

空嘔吐《えず》きをしながらバスルームに駆けこみ、便器の上にかがんで歯を食いしばった。口のなかに唾液があふれた。深呼吸を繰り返すと、ようやく吐き気が治まった。床にへたりこむ。目に涙がにじんだ。ぱちぱちとまばたきをした。壁の白いタイルに血が飛び散っている。どこか遠くで金属扉が耳障りな音を立てて閉まった。冴えない灰色に塗った煉瓦壁が見えた。臨月を迎えた腹部や乳房が張っていた。廊下を近づいてくる足音が聞こえて、全身の血液が凍りつき、痛みが炸裂した。マーニーは床の上で体を丸め、血を流し、陣痛に耐えながら助けを呼んでいる。またも腹部を蹴られて……。

目を開けると、壁の血痕は消えていた。死体と聖セバスティアヌスのタトゥーが引き金となって記憶が蘇っただけのことだ。殺された男性にタトゥーを彫ったのがティエリーなのかどうか、どうにかして突き止めなくてはならない。ティエリーではないことを願った。それなら、今度の一件はすぐに忘れられる。

寝室に戻り、携帯電話を探して、ブライトン・クライムストッパーズ〔割注／警察と連携し、匿名での犯罪情報提供を受け付けている非営利団体〕

の代表番号をグーグル検索した。

呼び出し音が鳴る。まだ鳴っている。鳴り続けている。

マーニーは待った。なぜ待っているのか自分でもわからない。三時二十分前。こんな真夜中に電話番が待機しているはずがない。

長いあいだそうしていてから、ようやく電話を切った。電話機を置いてベッドに横になる。わかっていた――きっとまたすぐに恐怖が押し寄せてくるだろう。

5 ローリー

解剖室の入口をくぐる前から、甘ったるい死の臭いがローリーの鼻に襲いかかってきた。その臭いはあっという間に口まで入りこんで味に変わった。咳が出て、ローリーはヴィックスヴェポラッブの容器に一直線に突進した。ローズ・ルイスがいつもそこに置いていることは知っていた。なかに入ると同時に、今度は合唱曲が大音量で耳に襲いかかってきた。ローズ・ルイスの解剖室は、二日酔いの日に来てはいけない場所だ。過去の経験からローリーはそのことを知っていた。

「おはよう」音楽に負けない声でローズが叫んだ。メスを握り、全裸の男の死体の上にかがみこんでいる。

ローリーは軽くうなずき、エンバーミング液の腐ったリンゴのような臭いと、ホルムアルデヒドの酢のようにつんとする臭いから嗅覚を守ろうと透明のジェルを唇の上に塗り広げた。

「我らがイエスの御体《メンブラ・イエーズ・ノストリ》」フランシスの声だ。ローリーに続いて入ってきて、彼がヴィックスを塗り終えるのを待っている。

何の話か、ローリーには見当もつかない。

「さすがね、サリヴァン」ローズはステレオの前に立ってボリュームを下げた。「作曲者は？」

「ブクステフーデ」

「そのとおり。これ、仕事のＢＧＭにぴったりなのよね。十字架にかけられたイエスの体の各部分について、一つずつ丁寧に説明する歌詞だから。ああ、でも、あなたならそんなことはとっくに知ってるか」

ローリーは無言でヴィックスの容器をフランシスに差し出した。インテリどもめ。知識をひけらかさずにはいられないのか？　一番利口なのは誰か、自慢合戦をして決めるのがたまらなく好きな連中なのだ。そんなことをしても事件が解決するわけではないのに。それでおれを感服させられるつもりでいるなら、フランシスのやつ、顔を洗って出直したほうがいい。

正直なところ、解剖室はローリーのお気に入りの立ち寄り先ではなく、滞在時間は最低限ですませたかった。ローズが嫌いなわけではない。他人をいくぶん下に見ているようなところはあるにしても、いつも申し分なく礼儀正しい人物だ。しかし、まぶしいばかりに真っ白な解剖室で自信ありげにふるまうローズと話していると、たまに劣等感を抱かされる。ローズの仕事は、言うまでもなく有益だ。しかしDNA型鑑定や血痕パターン分析だけが捜査ではない。それはもっとずっと大きな全体の一部を占めるにすぎないのだ。科学捜査こそすべてと考えるような風潮が広がっているが、それは現実とはかけ離れている。科学捜査は堅実な捜査活動を支援するツールの一つだ。

ローリーはラテックスの手袋をはめ、フランシスとともにローズの解剖台に近づいた。いま表に出ているのはこの一体だけだが、壁に並んだスチールの抽斗にもっとたくさんの死体が冷蔵保管されているはずだ。ローズ以下検死チームは一体ずつ丁寧に調べ、彼らの人生の断片を拾い集め、血や肉や骨や歯から秘密を探り出す。くず入れで見つかった男について、ローズからどんな話が聞けるだろう。

解剖台の上の死体は、白いラバーシートで部分的に隠されていた。ローズは、仰向けに横たえられ、胸から下腹部まで切開された死体から内臓を順に取り出して調べている。ローリーは死体を観察した。顔立ちはよくわからない。皮膚と肉をまだらにネズミに食われていた。唇の一部はなくなり、鼻はかじり取られ、頬は左右とも食い荒らされていた。上半身の皮膚と肉の一部も同じようにえぐれている。体のほかの部分の皮膚は灰色だ。長年にわたっていくつもの死体を見てきたから、ローリーはいまさらなんとも思わないが、フランシスはどうかと横目でうかがった。動揺しているというのはかならずしも当てはまりそうにない――それより、興味深げな顔をしていた。それでも、少し前までとは違って、顎のあたりがかすかにこわばっているのがわかる。

ローズはすでに死体の写真撮影を終え、身長や体重などの計測もすませているようだった。爪の下に入りこんだ痕跡を採取し、死体の傷やタトゥーを一つずつ確かめて、そのたびに音楽を止めながらレコーダーに向かって口述する作業も終わっているらしい。いまは手袋をはめた手を死体の口に差し入れてなかを探っていた。次は――死因のわからない死者に対する最後の冒瀆として――性交や性的暴行のごく新しい形跡がないか、肛門を調べるだろう。

ローリーとフランシスは無言でローズの手もとを見守った。やがてローズはレコーダーの電源を落とし、顔を上げて二人を見た。

「結論は、ローズ？」フランシスが尋ねた。

ローズは音楽を止めた。ありがたや。そろそろローリーの神経に障り始めたところだった。

「結論その一。休日出勤だし、マイクから小言を食らいそう」

フランシスは肩をすくめた。「働くのは月曜から金曜の九時から五時までに限定してくれって、世の殺人犯に通達を出しておきますよ」

ローズが笑った。

「残業代を稼いだと思えばいいさ」ローリーは言った。「ところで、ローレンスはどうしてる？」

「たしかに、残業だと思えばいいわよね。あなたにおまけの一点をつけとくわ、ローリー。息子のことを聞いてくれたから。元気よ。今年から一年生でね、毎日楽しそうにしてる」

「結論その二は？」フランシスは、脱線しかけた話を元に戻そうと、死体のほうに顎をしゃくった。

ローズは瞬時にビジネスライクな口調に戻った。

「これまでにわかったことを言うわね。死亡推定時刻は、二十四から四十八時間前。くず入れに放りこまれたとき、生きてたかどうかは断言できない。最後にごみを回収したのがいつだったか、そっちで調べてるのよね？」

「ホリンズが調べてる」ローリーは答えた。

「ニュー・ロードの街頭防犯カメラは？」

「それはヒッチンズが」フランシスが答える。

「トゥイードルズか」ローズが言う。「お尻を叩いたほうがいいわよ。あの二人、ちょっとどんくさいところがあるから」

「わかってる」ローリーはぼそりと応じた。

ホリンズとヒッチンズは、署内で〝トゥイードルダムとトゥイードルディー〟と呼ばれている。マザーグースにある兄弟らしき二人組のように、気味が悪いほどそっくりだからだ。二人ともぼさぼさの茶色い髪をしていて、胴回りにやや肉がつきすぎた体型も似ている。

ローズはフランシスを見つめ、次にローリーを見つめた。

「幸運ね、フランシス。ローリーが右腕で」

フランシスはうなずいただけで黙っていた。

ふん、どこまでプライドが高いんだか――ローリーは思った。

「ローリーはベテラン中のベテランだもの」ローズが続けた。「捜査のことは知り尽くしてる。せいぜい知恵を借りるといいわ」

フランシスが顔をしかめた。ローリーはにやりとしかけてこらえた。ローズは、フランシスを警部補の器ではないと言ったようなものだ。

「ぼくのやりかたが何か間違っていたら、ローリーがきっちり指摘してくれるだろうから安心です」フランシスの声にはかすかなとげがあった。

ローリーは鼻から大きく息を吸いこんだ。話のなりゆきにふいに居心地が悪くなった。フランシスも明らかに不愉快そうにしている。ローズは妙にそわそわしている。なぜだろう。何を考えているのか。

「頭部を殴打されて即死したわけじゃなさそう」ありがたいことに、ローズは話題を死体に戻した。

「それ、たしかですか」フランシスが訊く。部分的に毛髪を剃り落とされた死体の頭頂部を見つめている。ローズは死体の頭の向きをわずかに変えて、血まみれの傷が二人からよく見えるようにした。

「間違いないわ。この傷は致命傷ではないの。殴られて頭骨が折れたのは事実だけど、意識を失っただけだったと思う。脳に後遺症は残ったかもしれないけど」

「とすると、死んだのはどうして?」ローリーは尋ねた。

「いろんな要因が積み重なった結果ね」ローズはいかにも自信ありげな調子で言った。

「殴られたあと、意識を失った。遺棄された時点ではおそらく生きてたんだろうと思う。かなりの量の血液を失ったこと、長時間放置されたこと。死んだのはそのせい」

「頭のこの傷からの出血ですか? そこまで大きな傷には見えませんけど」

「頭の傷からの出血もあるけど、主にこっちの傷から」ローズは、死体の肩から胴体にかけての傷を指さした。かなり広い面積の肉が露出している。

「死んだあとネズミに食われた傷だと思ってたが」ローリーは言った。

「それだけでできた傷じゃなさそうよ。話がおもしろくなるのはここから。こんなに早いタイミングで電話して来てもらった理由はそれ」

ローリーは血の色の果肉のような傷口に目をこらした。

「もっと近くで見てみて」ローズが促す。背後の作業台から拡大鏡を取り、フランシスに渡す。「わかる？　これ、刃物の傷なのよ。いま言えるのは、ものすごく切れ味のいい、刃の短いナイフを使ってるようだってこと」

フランシスは腰をかがめ、手袋をはめた手で拡大鏡を持って傷口を確かめた。「たしかに。刃物で切った傷ですね」

それから拡大鏡をローリーに渡して場所を譲った。ローリーも拡大鏡をのぞいた。ローズの言うとおりだ。刃物でつけたとしか思えない傷だ。動物がかじってもこうはならない。

「驚《ジーザス》いたな！」

ローリーが思わずそう叫ぶと、フランシスが苦い顔をしたのがわかった。そんなことでいちいち〝みだりに神の名を口にするな〟とかりかりするような敬虔な人物が直属のボスになるとは、日ごろの行いがいけなかったか。

「この傷がつけられたのは、頭を殴られる前かな、あとかな」ローリーは訊いた。

「この時点では推測しかできないけど、おそらくあと」ローズが答えた。「被害者が抵抗したら、こんなにきれいな切り口にならないだろうから。ただ、さほど深い傷じゃないのよ。殺すためにつけた傷ではない。それより、皮膚と肉を切り取るためにつけた傷に見えるの。断言はできないけどね。刃物の傷のほかに、嚙み痕も同じくらいの数があるし」

ローリーは肉の露出した傷口を拡大鏡で確かめた。「輪郭に沿ったやつは全部、刃物の傷に見えるな」

「そう、皮膚に対して垂直な切り傷ばかりね」ローズが応じる。「でも、真ん中あたりの、ここのとかここのとか、皮膚に対して水平なものもいくつかあるみたい」

ローリーはまばたきをしてもう一度見直した。ちぎられてぐちゃぐちゃになった肉のなかに、皮膚より深い層まで切りこんだ、小さいがまっすぐな線が何本か見えた。胃袋の筋肉が収縮を始め、ローリーは歯を食いしばって吐き気をこらえた。

「見せてください」フランシスが言った。

ローリーは安堵とともに拡大鏡を手渡した。

「どういうことでしょう」フランシスが拡大鏡をのぞきながら尋ねた。

「あなたの被害者は皮を剝がれたということだと思うわ、フランシス。失血量を考えると、十中八九、まだ息のあるうちに」

6 フランシス

黒いジーンズ、黒いTシャツ、丸刈りまたはドレッドロックスの頭。素肌。タトゥーが入った肌。生きた人間の皮膚に染みこんだインクが何リットル分もフランシスとすれ違ったり彼を取り囲んだりしているが、その渦の動きは速すぎ、インクがどんな絵を描いているのかはさっぱりわからない。闇のような黒、煙るような青、目を射るように鮮やかな色。まったく、祝日の月曜に、タトゥー・コンベンションの会場をうろうろすることになろうとは。不満たらたらのローリーには、死体発見現場に行ってもらっている。ほかの者と合流して現場を再捜索し、死体から切除された皮膚片がないか調べるためだ。フランシスは、匿名の通報者から話を聴くためにこのコンベンション会場に来た。通報に使われたプリペイド携帯の持ち主は、ブライトン在住の女性タトゥー・アーティストであることが判明していた。ウェブサイトをチェックしたところ、今日は一日このコンベンション会場にいるらしい。おそらく通報した以上のことを知っているだろう。なぜ逃げるような真似をしたのか、その理由が知りたい。

周囲の誰からも好奇の目で見られているような居心地の悪さを感じながら、ブライトン・カンファレンス・センターの大ホールに入った。いまこの建物にいる人間のなかでタトゥーをまったく入れていないのは、自分一人だけだろう。それに、スーツを着ているのも自分一人だけに違いない。

大きく、だが静かに息を吸いこんでから、大勢の人のあいだに足を踏み出した。人の波にのまれた。ぶつかり、押しのけ、爪先を踏みつけ、首を伸ばして左右に並んだブースをのぞきこむ人、人、人。次に音が押し寄せてきた。どのブースでもヘビーメタル音楽が大音量で流れていて、互いの音をかき消し合っている。

音楽もやかましいが、それ以上に鼓膜に突き刺さってくるのは、甲高い電子的な機械音だった。何の音なのかすぐにはぴんとこなかったが、一人の男性の裸の背中が視界に入ったところでようやくわかった。女性のアーティストがその男性にタトゥーを彫っていた――甲高い音は、無数のタトゥーガンの合唱だ。女性アーティストが刻んだ黒い線から血がにじみ出ている。空中を漂う血のにおいが銅の味になって感じられて、フランシスは反吐が出そうになった。

ホールは風通しが悪く、熱気がこもっている。人をかき分けるようにして通路の向こう端まで歩いた。圧迫感から逃れたかった。人がタトゥーを入れたがる気持ちは昔から理解できない。こうしてみんなで一斉に入れている光景を前にすると、なおさら理解不能だった。ここにいる人々はみな、永久に消えない印を体に刻んでいなかったときのほうがよほど美しい姿だったのではないか。何か部族的なものを感じた。しかし、いったいどんな部族だ？　どんな意味があるのだ？

「ちょっとすみません」

フランシスは通りかかった若者の肩に手を置いた。若者が振り返る。額の左側に青いクモの巣のタトゥーがあり、生え際を越えて髪の下に消えていた。

「なに？」

「マーニー・マリンズというタトゥー・アーティストを探しているんですが」

若者はジーンズの後ろポケットから折りたたんだ紙を取り出した。コンベンション会場の見取り図らしい。ブースごとに番号が振ってあった。若者は見取り図を裏返し、タトゥー・アーティストの一覧表を目でたどった。

「マーニー……？」

「マリンズ」

若者が下を向いた拍子に、短く刈った金髪を透かしてクモの巣の残りの部分のほかに、単語の太い輪郭がちらりと見えた。フランシスは目をこらしたが、何と書いてあるのかわからなかった。

「二八番ブース」

「ありがとう」フランシスは礼を言った。

「どういたしまして」若者が応じた。フランシスとしては見取り図を見せてもらって二八番ブースの位置を確かめたかったが、若者はその暇を与えず、煮え立つような人混みにすぐに消えていった。まあいい。きっと番号順に並んでいるだろう。フランシスはため息をつき、自分もふたたび人々をかき分けて歩き出した。

一九五〇年代風のストラップレスドレスを着てマリリン・モンロー・ヘアにした若い女の三人組がすぐ後ろから歩き出し、フランシスはむせかえるような香水の雲に封じ込められた。三人とも、腕や肩から胸にかけて、鮮やかな色使いの花や青い鳥、ハートのタトゥーを入れていた。フランシスはいったん足を止め、かしましい三人組を先に行かせたが、すぐにまた別の集団にのみこまれた。今度は墨のように真っ黒な髪をしたゴシック・ファッションに身を包んだグループだった。フランシスはそばのブースの番号を確かめ、一つ隣の通路に移動した。

肘で人を押しのけ、左右に視線を振りながら歩く。施術テーブルに裸同然の女が横たわっているのが見えた。全身タトゥーだらけの男が二人、その両側に座って、中国風のみごとな図柄を女の背中に入れている。別のブースでは、男が座り、目を閉じて静かに涙を流していた。若い女性のアーティストが器用な手つきで男の前腕に幾何学模様を刻んでいた。その同じブースで、男性のアーティストが男性客の頭にタトゥーを彫っていた。うへえ、見るからに痛そうだな――フランシスは思ったが、客の男は眉一つ動かさずにいた。

ようやく二八番ブースを見つけた。女性のアーティストがいて、タトゥーを入れるにはいくらなんでも若すぎる年齢の客に施術していた。この女性アーティストがプリペイド携帯の持ち主だろうか。小柄で針金のように痩せたアーティストは、スツールにちょこんと座り、手もとの一点に集中した表情をして、客の少女の脚に真紅とピンクのキクの花を彫っている。黒っぽい色の巻き毛を無造作なポニーテールにまとめていたが、結われている分よりもほつれた分のほうが多かった。白いノースリーブの上に色の抜けたデニムのオーバーオールを着ていて、筋肉のついた腕は、左右とも肩から手首まで青や緑の複雑な模様のタトゥーが入っていた。

フランシスはしばし彼女を見つめた。捜査に協力してくれるだろうか。それとも、何か後ろ暗いことがあるのだろうか。世の中には、殺人事件との関わりを喜ぶ人々が一定数いるが、この女は違う。尋ねられても名前を明かそうとしなかったのだから。

注意を引こうと、フランシスはわざとらしく咳をした。「マーニー・マリンズ?」

女性アーティストは、客のもも付け根に近いところにタトゥーを施していた。客の少女は反対の脚をしきりに動かし、何度も小さく息をついていた。フランシスの耳には、苦痛より歓喜のため息と聞こえた。マーニー・マリンズは動じることなく花びらの一つに濃いピンク色のインクを入れ続けている。

フランシスはもう一度呼びかけた。女性アーティストはようやく柔らかな白い肌から目を離し、顔を上げて声のしたほうを見た。

「そうだけど」

年齢は思っていたより上らしいとフランシスは思った。三十代のなかば以降か。目尻に小さなカラスの足跡がうっすらと刻まれているのがわかる。

「悪いけど、今日はもう予約で一杯だから」マーニーはそう言うと、すぐにまた手もとに視線を落とした。

「タトゥーを入れに来たわけではありません」

マーニー・マリンズはまた目を上げてフランシスを見た――さっきよりは意識して観察している。それから、自分の間違いを悟ったかのように首を振った。

「たしかに、タトゥーを入れに来たわけじゃなさそう。何の用？」

「ブライトン警察の警部補で、フランシス・サリヴァンと言います。昨日、パビリオン・ガーデンズで発生した件を調べています。そのタトゥーガンをいったん置いて、話をさせていただけるとありがたいんですが」

「マシン」

「はい？」

「タトゥーマシン。タトゥーアイロンとも呼ぶかな。業界ではタトゥーガンとは呼ばないの」

「タトゥーマシンですか、それはすみません。とにかく話をうかがいたいんですが」

「どうして？」マーニーの声は冷ややかだった。

「昨日、死体を発見してブライトン警察に匿名で通報したのはあなただと考えています。違いますか」

ふいに興味をそそられたか、客の少女がマーニーと話している相手を見ようと頭《こうべ》を回《めぐ》らせた。

「殺人事件の被害者を知ってるの？」少女が訊く。子供のように舌足らずな話し方だった。

「知らない」マーニーが答えた。「いろいろ事情があって」

「できれば二人だけでお話ししたいな」フランシスは言った。

マーニー・マリンズは額に皺《しわ》を寄せた。「二人きりで話したいなら、一時間待って。彫りかけでやめるわけにいかないから」

「捜査妨害ですよ」

「そっちは営業妨害でしょ。わたしにも評判ってものがあるし。一時間で終わるよ。そんなに待てないって言うなら、逮捕でも何でもすれば」

これ以上強い態度に出れば、目撃者の協力は期待できないだろう。フランシスは穏やかな口調を心がけて答えた。「いいでしょう。では一時間後に。場所は？」

「一階にコンベンションの運営事務局があるから、そこで。コーヒーを買っておいてね」

客の少女がフランシスに微笑みかけた。「一時間あれば、タトゥーを一つ入れられるよ」

フランシスはそれを無視し、マーニーに向かって言った。「では、一時間後に」

「ノリ悪すぎ」少女は小声で言うと、テーブルにまた寝そべった。

「警察の人だからね」マーニー・マリンズの声だ。フランシスに聞こえてもかまわないと思っているらしい。「ほんと、融通がきかない連中だよね。たとえば誰かが役に立とうとしてるとして、自分たちはその厚意を踏みにじってもかまわないと思ってるみたい。何様のつもりなんだろ」

7 マーニー

二時間後、マーニーはこぢんまりとしたコンベンション事務局のドアを開けた。警察に通報したのは正解だったのだろうか。ひょろりとした若い刑事がブースに現れたのを見て狼狽し、またも事情聴取に耐えなくてはならないのかと思うとうんざりした。なかに入ると、ティエリーのデスクの奥の椅子にフランシス・サリヴァンが長い手足を折りたたむようにして座っていて、もとより小さな部屋がいっそうせまくなったように見えた。

大きくふくらんだファイル、書類の山、コンベンションのプログラムが詰まった箱を積み上げた危なっかしいタワー、飲み残しが入ったままのコーヒーカップ、ごみがあふれかけたくず入れ――すっかり見慣れた光景だった。マーニーはフランシスの真向かいの椅子から書類の束をどけてそこに座った。そのあいだもずっと油断のない視線をフランシスに向けていた。警部補にしては若く見えるし、ここでは完全に浮いている。タトゥー・コンベンションにスーツで来る人はいない。一人として見たことがない。マーニーの住む世界では、スーツを着た男はたいがい不吉な使者だ。

とはいえ、フランシスが少年のような魅力を漂わせていることもまた事実だった。不思議な取り合わせの外見をしている——赤みがかった金色のつんつん尖った髪、わずかにひしゃげた口もと、タカのくちばしのような鼻筋。待たされたせいだろう、いかにも不機嫌な顔つきをして、デスクの奥からマーニーをじろりとねめつけた。

「待たせちゃってごめんなさい」マーニーはそう謝ったが、自分の耳にも申し訳なさそうな声には聞こえなかった。

フランシスはそうとはわからないくらい小さくうなずいたあと、二つ並んだテイクアウトのコーヒーカップの一つを指さした。

「死体を発見したのはあなたですね」質問というより、断定する口調だった。

マーニーはコーヒーを一口飲んだ。冷えきっていた。

「ちゃんと通報したし」

「名乗らなかったでしょう」

「大勢に影響はなかったみたいじゃない？　わたしの名前はもうわかってるわけでしょ。結果オーライだよね」

サリヴァン警部補は険しい表情でマーニーを見据えた。

「あなたは警察に時間と予算を無駄遣いさせたわけで、それを根拠に告発することもできるんですよ。携帯電話番号から名前を調べるのに半日かかりましたから」

やっぱりそうか。この警部補がわざわざ訪ねてきたのは、もちろん、市民としての義務を果たしたマーニーに感謝を伝えるためではない。いつものことだ——マーニーは何かまちがったことをし、この警部補はマーニーを叱るために来た。クライアントを何人か待たせているのに、自分の時間が無駄になるだけだろう。

「反省してます」マーニーは椅子を後ろに押しやって立ち上がり、オフィスを出ようとした。

しかし、サリヴァン警部補が立ち上がってドアの前に立ちふさがるほうが早かった。

「まだ話は終わっていません。死体を発見した経緯を詳しく教えてください。ここで話してくれてもいいですし、なんなら署まで来てもらってもかまいません」

マーニーはまた椅子に腰を下ろした。冗談じゃない。警察になど行かれない。どうして昨日、パビリオン・ガーデンズになど行ってしまったのだろう。

「何が知りたいの？」

サリヴァン警部補も腰を下ろした。

「初めから話してください。何一つ省略せずに」胸ポケットからスマートフォンを出し、付属のスタイラスペンを取ってメモの用意をする。

マーニーはコーヒーを一口飲み、砂糖が入っていないことに顔をしかめてから、死体を発見したいきさつを詳しく話した。といっても、所要時間はたった三分だった――カフェでコーヒーを買い、たばこを吸い、大きなくず入れの蓋を開けた、それだけだ。しかしサリヴァン警部補は一言一句もれなく書き取った。マーニーは、ティエリーと鉢合わせしたくなくてこそこそしていたことは伏せた。

「死体にタトゥーはありましたか」サリヴァン警部補が質問した。

「見た気がする……ぼんやりだけど。どんなデザインだったかは覚えてない」

サリヴァン警部補は、デスクに置いてあった茶色い封筒の上に手を置いた。

「被害者はかなりの数のタトゥーを入れていました。彫ったアーティストを知りたいんです」

「どうして？」マーニーの心臓が早鐘を打ち始めた。

サリヴァン警部補は封筒を拾い上げ、散らかったデスクに八つ切りの写真を何枚か並べた。どれもタトゥーをクローズアップで撮影したモノクロ写真だった。聖セバスティアヌス、祈るように組んだ両手、頭蓋骨に止まったワシ、上腕に巻きつく有刺鉄線。マーニーは身を乗り出した。

「けっこうなコレクターだったみたいね」

「コレクター？」

「タトゥーのコレクターってこと」マーニーは説明した。「これ、みんな別々のアーティストの作品だから」

「わかるんですか」

今度はマーニーが辛辣な目を向ける番だった。「それぞれまったく違うスタイルでしょ。腕のいいアーティストの作品なのはだいたい共通してるけど、スタイルはてんでんばらばら」

写真を一枚ずつ見ていく。祈る手のタトゥーはいい。かなりの出来映えだ。料金も相当に高かっただろう。その写真を置いて、別の一枚を手に取る。それを見たとたん、眉間を大きなハンマーで殴られたような衝撃を覚えた。思わず写真を取り落とした。別れた夫の作品と思ってほぼ間違いないとわかったからだ。思ったとおり、写真に写った聖セバスティアヌスのタトゥーには、ティエリーの作品の特徴がすべてそろっていた。

「見たことがあるんですね」

マーニーは急いで首を振った。勢いよく振りすぎた。

「お願いします、ミズ・マリンズ。事件に関係のあることかもしれません」

マーニーの胸のなかで不安がふくらんだ。警察と関わり合うのは二度とごめんだというのに、もしティエリーが事件に関係しているのなら、自分も巻きこまれると決まったようなものではないか。いやだ、関わりたくない。マーニーは無言で首を振り、お願いだからあきらめてよねと心のなかで念じた。

「知っていること、事件に関係がありそうなことを話していただけないなら、捜査妨害で逮捕するしかなくなります。つまり、そのタトゥーを彫ったアーティストを知っているなら、話したほうがあなたのためだということです」

マーニーは目を閉じて唇を引き結んだ。男性の死と本当に関係があることだろうか。

「前の夫の作品に似てる」マーニーはささやくような声で言った。

「え？　何とおっしゃいましたか」

マーニーはためらい、ごくりと喉を鳴らした。口のなかが乾ききっていた。

「前の夫」今回はちゃんと声が出た。

「名前は？」

「ティエリー・マリンズ。でも、彼が事件に関係してるなんて思ってないでしょ？　だってほかにもいろんなアーティストのタトゥーがあるし」

サリヴァン警部補は答えなかった。

「どこに行けばティエリーと会えるか教えていただけますか。ぜひ話をうかがいたい――被害者の身元につながる情報を持っているかもしれない」

「ここ、彼のオフィスなの」マーニーは反射的に答えた。

数分後、ドアの向こう側に足がぶつかった音がして、ティエリーがオフィスに現れた。自分のオフィスに呼び出されて苦々しく思っているのは明らかだ。まずマーニーを、次にサリヴァン警部補をにらみつけたあと、守りを固めるように腕を組んだ。

「何の用だか知らないが、時間がないから手短に頼む」

ティエリーと会うのは数カ月ぶりだった。ティーンエイジャーの息子を共同で育て、それにともなうもろもろを共有している相手とはいえ、ふだんは可能なかぎり接点を持たないようにしている。唯一の例外は昨日の夜だ。そうやって避けているのに、いざこうして目の前にすると、つい見とれてしまう。彼の汗とコロンが混じり合ったにおいがした。疲れた様子をしているし、結婚していたころに比べて白髪も増えている。黒っぽい色のタトゥーで埋めつくされた彼のたくましい腕になめるような視線を這わせかけたところで、マーニーははっと我に返って目をそらした。

結婚当初は申し分のない配偶者だった。交際を始めてすぐの何年かのあいだにさまざまなことが起きたが、彼はずっとマーニーのそばにいて支えた。子供ができたとわかるとすぐに結婚し、マーニーが過去のトラウマを乗り越えるのを後押しし、マーニーにアレックスの世話ができなかったあいだは育児も引き受けた……。しかし、どれも遠い過去の話だ。結婚からわずか七年、ティエリーの目はほかの女にさまよい始めた。

言うまでもなく、アレックスにとってはいまも変わらずすばらしい父親だ。そのことは誰にも否定できない。それに、ティエリーにはほかにもいいところがたくさんある。パーティに絶対に欠かせないような、一緒にいて楽しい人だったし、ユーモアがあり、心が優しく、褒め上手だ――少しかっとなりやすいという短所はあるにしても。宗教的なモチーフを彫らせたら天下一品で、しかもタトゥー・コンベンションの運営手腕もなかなかのものだ。それでも、マーニーは彼を憎んでいる。少なくとも、彼のことは大嫌いだと自分に言い聞かせている――もう傷つかずにすむように。ティエリーとの過去には暗闇が多すぎた。フランス語のアクセントがある話し方を聞いているだけで、たとえ正式な夫婦のあいだのことであろうといやらしすぎる行為に及びたくなるとしても。

「マーニー?」ティエリーが心配そうにこちらを見ていた。

フランシス・サリヴァンが割って入って主導権を握った。ティエリーにタトゥーの写真を差し出す。

「このタトゥーを彫ったのはあなたですか」

ティエリーは写真を一瞥したあと、またマーニーを見た。

「いったい何の話かな」その質問は明らかにマーニーに向けたものだった。

「ミスター・マリンズ……」

「あんた、警察だよな」

「そうです」

ティエリーは向きを変えて出ていこうとした。「おれの妻にいやがらせをするつもりなら、こっちにも考えがある」

「ティエリー」マーニーは手を伸ばして彼の腕に触れた。「待って」

「来いよ、マーニー。こんな話につきあうことはないだろう」

「ミスター・マリンズ、話をしていただけないなら、令状を持って出直してきます。お願いですから質問に答えてください。このタトゥーを彫ったのはあなたですか」サリヴァン警部補はまだ写真をティエリーに差し出していた。

ティエリーは一歩進み出た。サリヴァンより五センチ以上背が高い上に、筋肉の塊のような体格をしている。

「そうだったら、何だっていうんだ?」低くうなるような声だった。

「ある死体の身元を調査しているところです。ご協力いただけませんか」サリヴァンの声には、少し前まではなかったうんざりしたような響きがあった。

ティエリーがマーニーを見やった。

「その男の人がどうして死んだのか、知ってる人がどこかにいるはず」マーニーは言った。自分の見たものの恐ろしさを、いまさらながら痛感していた。マーニーはうなずいて写真を見るよう促した。

ティエリーは写真を丹念に見た。

「かもな」

マーニーは、デスクの端に寄せて置いてあるティエリーのノートパソコンを手で指し示した。

「確認してみようよ。もしあなたの作品なら、アーカイブに写真が残ってるよね」

ティエリーはデスクに身を乗り出してノートパソコンを起動した。ティエリーが検索を始め、三人はそろって画面をのぞきこんだ。ティエリーは《タトゥー画像：テーマごと》という名前のついたフォルダーをクリックして開いた。《聖母M》《復讐の天使》《ルシファー》といった名前のついたファイルの一覧が表示された。ティエリーは《聖S》のファイルを選んでクリックした。聖セバスティアヌスを描いたタトゥーの画像が画面いっぱいに並んだ。何枚か選んで拡大表示したが、どれも写真のものとは決定的に異なっている点があった――上半身に刺さった矢の位置が違っているとか、首が傾いている方向が逆だとか。

「待って」マーニーは言った。「いまの。一枚戻って」

ティエリーがスクロールして戻った。

「おお、たしかに」ティエリーがうなずく。「同じだな」

「クライアントの名前は？」サリヴァンが尋ねた。

「タトゥーを彫った相手の名前なんかいちいち覚えていられないよ。何百人もいるんだ」

「日付は？」マーニーは訊いた。「画像ファイルに日付があるはず。その日付の予約を確認すれば、名前がわかるかも」

ティエリーはファイルディレクトリを調べた。

「二〇一〇年五月四日」

ティエリーがカレンダーソフトを起動し、マーニーとサリヴァンは黙って待った。聞こえるのは、ティエリーがキーボードを叩く音だけだった。

「エヴァン・アームストロング。ああ、こいつな、思い出した。でかい男だった。料金を踏み倒しやがった」

「ええ、死体は一九〇センチ近い大男でした」サリヴァンがうなずく。

「うちに来たときはもう、ほかにいくつかタトゥーを入れてたな」ティエリーが言った。

サリヴァンはチャンスとばかりほかの写真をティエリーの前に突きつけた。「ほかのタトゥーの写真です。このなかに、あなたが彫ったものはありますか」

マーニーは首を振ったが、ティエリーは時間をかけて写真を一枚ずつ見た。

「ないな。この有刺鉄線のやつはもう入ってたよ。下手くそもいいところだ」次に祈る手のタトゥーを見た。「こっちのほうがはるかに出来がいい……」

ティエリーは写真をめくっていく。マーニーは肩越しに手もとをのぞきこんだ。

最後の一枚が見えたとき、マーニーは息をのんだ。ティエリーはフランス語で悪態をついた。胴体を写したその一枚だけがカラーだった。左肩周辺は血にまみれたぐちゃぐちゃの傷になっている。それが背中と胸まで続いていた。フランシスがティエリーの手から写真をひったくるようにして取った。

「すみません。これは見せるつもりではありませんでした」

「ネズミか？」ティエリーが訊いた。

「ええ、それもありますが……」フランシスは深く息をついてから答えた。「何者かがその周辺の皮膚を切り取ったのではないかと考えています」

マーニーははっと顔を上げてサリヴァンを見た。「もう一度見せて」

サリヴァンから写真を受け取り、マーニーはさっきよりも注意深く見た。顔から血の気が引いた。指で傷の輪郭をたどったあと、目に焼きついたイメージを消そうとするようにその手で顔をなでた。

「どういうことかわかった」ゆっくりとそう言いながら傷を指さした。「この形――見て、左右対称になってる。誰かがタトゥーを切り取ったんだよ」

Ⅱ

生きた皮膚を扱うのは楽しい。

皮膚の上をすべる刃のかすかな音。深い紅色から立ちのぼる、銅に似たにおい。指のあいだを伝い落ちる温かな鮮血。

どれも愛おしい。

肉体から切り離すと、皮膚は死ぬ。それでもしばらくは体温を残していてしなやかだ。凝固しかけた血液がついた面は粘ついている。反対の面は、なめらかだったり、毛深かったりする。女の皮膚なら柔らかく、男の皮膚ならきめがやや粗い。かならずというわけではない。飛び抜けて柔らかい皮膚をした男もいる。

そろそろ次の獲物を探すとしよう。ナイフの刃を研ぎ直そう。休んでいる場合ではない。リストはまだまだ長いのだから。

8 フランシス

自分のオフィスのドアを開けかけて、フランシスは考えた。捜査が順調に滑り出したことを自分の手柄として喜んでいいものなのかどうか。被害者の身元が早々に判明すれば、殺人事件の捜査の進展は一気に加速する。たいがいの犯人は、被害者と何らかの接点を持っているものだからだ。

「ローリー?」デスクについて、大きな声で呼んだ。

ローリー・マカイが戸口に現れた。

「被害者の身元はマリンズの証言どおりだという裏づけは取れましたか」

「取れたよ」ローリーは写真の束を差し出した。「フェイスブックからダウンロードした――エヴァン・アームストロングのページから。間違いないと思うね。服に隠れてない分のタトゥーが死体のものと一致してるから」

フランシスは写真をめくった。休暇旅行先で撮ったものらしく、エヴァン・アームストロングはショートパンツとTシャツ姿というカジュアルな服装で写っていた。

「といっても、近親者に確認してもらうまでは、仮の話でしかないがね」ローリーが言い添えた。

「ありがとう、ローリー。そのことはぼくにもわかっています」

それは、もちろん、死体の身元が判明するマイナス面の一つだ。刑事という職業の何より切ない仕事の一つでもある。捜査班の誰かに代わりにやらせるわけにはいかない。家族に伝えるのはフランシスの務めだ。捜査班として、これをしくじるわけにはいかなかった。遺体の確認は、悲嘆に暮れる両親や配偶者にとって、ほかのどんなことより過酷な経験だ。

以前、胸が張り裂けるような光景を目撃したことがある。強姦殺人事件の被害者が発見され、ある女性の娘ではないかと推測された。女性は遺体の顔をのぞきこむなり失神した。別人だった。ついに娘と再会できると思っていたのに、吹けば飛ぶようなその小さな望みさえ目の前で奪い去られ、〝何もわからない〟という渦のなかにふたたび放りこまれたのだ。そんな悲しみには二度と接したくない。

今回はそのようなことにはならないだろう。死んだのはエヴァン・アームストロングで、家族にはその死を知る権利がある。家族が住むワージングに向けて車を走らせていると、黒い雲を引き連れて訪ねていこうとしているような気がした。これからしばらくのあいだ、家族をマントのように覆うことになるであろう悲しみの雲。エヴァンを殺した人物に裁きを受けさせることだけが、わずかばかりの慰めになるだろう。

「何の用件か、家族はもう察してる様子だった？」家族との連絡役として同行しているアンジー・バートンが訊いた。

「捜索願は出ていませんでした。つまり、エヴァンの行方不明に気づいているかどうかもわかりません。エヴァンには犯罪歴がないから、彼の家族の情報は何もないんです。今日の知らせは、家族にとってはまさに青天の霹靂だろうと思います」

アンジーはそれきり黙っていたが、緊張している様子ではなかった。屈託のない魅力的な顔立ちとくつろいだ物腰をしている。彼女の役割は、悲しみの淵に突き落とされた家族のよりどころとなることであり、被害者の周辺情報をさりげなく引き出すのも仕事のうちであると家族が気づくことはない。

「ここですね」

フランシスは一九三〇年代築のセミデタッチド・ハウス〔割注／外見は一軒だが真ん中で二軒に分かれているイギリス特有の住宅。二軒連続住宅〕の前で車を駐めた。外壁にチューダービームを模した装飾がされ、窓には鉛細工風の加工が入っている。

アンジーは悲しげに首を振り、玄関前に立って呼び鈴を鳴らした。

「エヴァン――だった？」

フランシスはうなずいた。ドアの向こうで足音が近づいてきた。

室内に案内され、濃いくせに味のしない紅茶を出されると、それ以上先延ばしにする口実はなくなった。エヴァンの両親は二人ともすでに退職しているらしく、そろって在宅だった。その二人はいま、どことなく不安げなまなざしをフランシスに向け、用件が切り出されるのを待っている。フランシスもアンジーもまだ何も言っていないのに、エヴァンの母親はいまにも泣き出しそうな表情をしていた。張り詰めた静寂が部屋を満たした。

「警察の人たちだと言ったね」エヴァンの父親が尋ねた。妻に確かめているらしい。

「そうです」フランシスは答えた。「ぼくはフランシス・サリヴァン警部補、こちらはアンジェラ・バートン巡査です」

「アンジーと呼んでください」アンジーが言い添えた。

フランシスはためらい、窓の外に視線を向けて、この家の庭の向こうにある市民菜園を見るともなく見つめた。年配の女性が頼りない手つきで熊手を握り、地面を耕している。フランシスは催眠術にかかったようにぼんやりとその様子を眺めた。

あまり待たせては気の毒だ。いや、二人の人生をめちゃくちゃに破壊する前に、あとほんの数秒でいいから猶予をやったほうがいいのか……。

ごくりと喉を鳴らしてから、口を開いた。「アームストロングご夫妻、エヴァンと最後に会った、または連絡を取り合ったのはいつのことでしたか」

それ以上言う必要はなかった。エヴァンの母親はブラウスの胸もとを握り締め、ひっと小さく息を吸いこんだ。それから風船の空気が抜けるように、力なくソファの背にもたれかかった。

「週末に電話がなかったのよ。だから、何かあったのかしらって言ったんだけど」母親は夫に向かってそう言った。夫は即座に彼女に腕を回した。

「待ちなさい、シャロン。この人の話を最後まで聞こう」父親の顔は土色に変わっていた。声が震えているのがわかる。

「日曜日の朝、ブライトンのパビリオン・ガーデンズで死体が発見されました。エヴァンではないかと思われます」死体がくず入れに放りこまれていたことは伏せておきたかった。

「だから電話がなかったのね」シャロン・アームストロングが言った。「わたしが電話したときにはもう、死んでしまっていたんだわ」甲高いヒステリックな声だった。視線は落ち着きなく室内の人やものの上を飛び回っている。

アンジーが近づいてシャロンの傍らにしゃがんで片腕を腰に回し、もう一方の手をシャロンの両手に重ねた。

「確かなのかね、エヴァンだというのは？」エヴァンの父親がうわずった声で訊いた。

ここが最大の難所だ。フランシスはできるだけ穏やかな調子を心がけ、顔の特徴が判別できない状態になっていたことを説明した。ネズミの件には触れなかった。警察がエヴァンだと考えている根拠は、体に入っている複数のタトゥーだと話した。それから、肩に入っていたはずのタトゥーのことを両親に尋ねた。

両親の話から得た事実は覚えているが、そのあと続いた会話の内容は一言たりとも思い出せない。紅茶のカップがひっくり返った。シャロンがいまにも失神しそうな様子になり、アンジーがグラスに水を汲んできて飲ませた。父親のデイヴ・アームストロングは、死体に残っていたタトゥーの写真をひととおり確かめたあと、うつろな目をして黙りこんだ。

「タトゥーなんて入れちゃいけなかったのよ」シャロンは関節が白く浮くほど強く水のグラスを握り締めていた。「そのせいであの子は死んだ。そうでしょう？」

「タトゥーのせいと決まったわけじゃない」デイヴが妻に言った。それからフランシスのほうを向いた。「そうだろう？」

「いまの時点で動機は推測できません。息子さんの身に何が起きたのか、それもはっきりとはわかっていません。しかし、左肩にタトゥーを入れていたことはご存じですね？」

デイヴはうなずいた。「トライバル風のデザインだった。肩から胸と背中にかけて入れていたよ。一番最近入れたもののはずだ。二カ月くらい前かな。写真を送ってきた」

その写真を目にした瞬間、フランシスの胸がどきりと鳴った。上半身裸のエヴァン・アームストロングを背後から撮影した写真で、肩を包みこむように彫られた複雑な幾何学模様は、背中から脇腹へと伸びている。エヴァンのフェイスブック・ページのギャラリーにこの写真は掲載されていなかった。タトゥーと死体の傷の輪郭がおおよそ一致していることは一目で見て取れた。この写真をローズ・ルイスにも渡したほうがいいだろう。フランシス自身は、このような残酷なことをしたモンスターを捕まえ、動機を突き止めなくてはならない。エヴァン・アームストロングの人生のいったい何が、殺された上にくず入れに放りこまれるような最期につながったのか。本人のSNSの投稿を調べても、犯罪とのつながりを思わせる要素は何一つなかったが、だからといって本当に結びつきがなかったということにはならない。あとは事件が解決するまでのあいだ、アームストロング夫妻がアンジーから、神から、あるいはもともと備わった心の強さから、わずかなりとも慰めを得られることを祈るだけだ。

辞去して通りに出たところで、携帯電話をチェックした。不在着信がいくつかと、知らない番号からのメッセージが一件。留守番電話サービスに電話してメッセージを再生した。

〈もしもし、サリヴァン警部補？　『アーガス』のトム・フィッツと申します。パピリオン・ガーデンズで発見された死体に関して、ひとことコメントをいただけないかと思ってお電話しました。捜査責任者はそちらですよね。明日の新聞に記事を掲載したいので、被害者の身元や事件の概要を教えていただけないでしょうか。こちらの番号を言います……〉

フランシスはぷつりと電話を切った。ふん、お断りだ。

陰鬱《いんうつ》な気分で車を運転して警察本部に向かった。おなじみの疑問に心をさいなまれた。神はなぜ、このような悪が存在するように世界をお創りになったのか。他人の体からタトゥーを切り取り、その他人が死ぬとわかっていて放置する動機とはいったい何だろう。懲らしめか、それとも復讐か？　何か新手の宗教に関連しているのか。タトゥーの紋様に隠された意味があるとか……？　途方に暮れるしかなかった。署の駐車場に車を駐めたときには、偏頭痛の前兆である光が視界にちらついていた。答えはいったいどこにあるのだろう。

9 フランシス

ブラッドショー警部は捜査会議のために捜査班の全員を招集していた。フランシスはそれに遅刻した。ふだん他人の遅刻を許さないタイプなのに、よりによって自分が遅れたのだから、猛烈に腹が立った。しかも新しい上司の前での失態だ。フランシスはできるだけ静かに目立たないよう捜査本部にすべりこんだ。

「これはこれは、きみも参加してくれるとはありがたいね、サリヴァン警部補」間仕切りのない広々とした捜査本部の壁にブラッドショーの声が反響し、フランシスの胸のなかにこだました。「遅刻するにはよほどの理由があったのだろうな」

誰かが大げさなため息をついた。巡査の一人が聞こえよがしのささやき声で言った。「おれらだったら、ただじゃすまないのにな」捜査班の敬意を得るにはまだまだ時間がかかりそうだ。

「被害者の家族に訃報を伝えに行っていて遅れました、ブラッドショー警部」学生時代に戻ったような気分だった。

「なるほど、せめてひととおりの情報を手に入れてきたんだろうな」ブラッドショーは嘲るように口もとをゆがめた。ふつうにしていても醜い顔がいっそう醜く見えた。「はい、警部」皮肉っぽい声にならないよう最大限の努力はした。「被害者についていくつかわかったことがあります」

「そうか。その報告はもう少しあとでしてもらうとしようか、サリヴァン。話を続けてくれ、ローリー」

遅刻と引き換えに、捜査責任者の地位を副官に奪われかけているということらしい。許してなるものか。

「話ならぼくが……」ヒッチンズ巡査の陰に隠れるようにしていたフランシスは、警部からちゃんと見えるように首を伸ばした。

「ローリーがどこまで報告したかわかって言っているのか？」

フランシスは首を振った。

ブラッドショーは両方の眉を吊り上げてみせたあと、ローリーに向かってうなずいた。

「解剖はすでに終わって、明日の午後、ローズ・ルイスから検査結果の報告が届く予定です」ローリーが報告を再開した。「現場検証の結果、被害者はカフェに近い歩道上で棍棒《こんぼう》のような物体で殴られ、倒れたところを茂みの奥へ引きずりこまれたらしいとわかりました」

「死亡推定時刻は?」

「日曜の午前零時から午前六時のあいだです。解剖の結果を検討すればもう少し範囲をせばめられるだろうと言ってました」

「いま戻ってくる途中で、ローズと話をしました」フランシスは声を上げた。

ブラッドショーがうなずいて先を促した。

「深部体温と硬直の緩解《かんかい》の度合いから判断して、死亡推定時刻は二時十五分から二時四十五分のあいだだろうとのことです。大型ごみ容器内は熱がこもりやすいので、死後硬直の進行と緩解が速く、体温も長時間維持されたようです。腐敗の最初の兆候がすでに表れているそうです。これもやはり温度が高かったせいだろうと」

「ほかには?」

「現場から死体を回収した時点で、死斑《しはん》はすでに固定していました。発見時に下側にあった部位に発現しているので、死亡する前、あるいは死亡後およそ一時間以内に大型ごみ容器に遺棄されたと思われます」

フランシスは話し終えると同時に室内を見回したが、誰も目を合わせようとしなかった。

「よし、では次に被害者に関する報告を聞こうか」ブラッドショーが促す。「ローリー？」

「氏名はエヴァン・アームストロング」

「ああ、名前はみなすでに知っている」ブラッドショーが言った。「殺害された理由は何だ？　殺す動機のある人物は誰だ？」

フランシスはこの機をとらえた。誰が何と言おうと、これは彼の捜査なのだ。「肩に残っている傷の形から、タトゥーが切り取られたものと思われます。その仮説を裏づけるような写真を被害者の両親から借りてきました」

「そのタトゥーを切り取った理由を推測する手がかりは？」

フランシスは首を振った。「それはまだ」

「通報者――例の女性タトゥー・アーティストもわからないと言っているのか」

「これは浮上したばかりの仮説でして、警部。いまからチームのメンバーに伝えて調べてもらうつもりでいました」

「新しい情報はすぐに共有しろ。がんがん捜査を進めるんだ。アームストロングの何もかもを調べ上げろ。住所、仕事、友人、自由時間に何をしていたか。いちいち指示されなくてもやるべきことはわかっているだろう、サリヴァン」

もちろんわかっている。無駄な会議で時間を取られなければ、いまごろはもうがんがん捜査を進めていただろう。

「はい、警部。いまアンジー・バートンが家族に付き添っています。新しい情報が手に入ればすぐに報告が来るはずです」

「ニュー・ロードやパビリオン周辺の街頭防犯カメラは調べたんだろうな。まだ何も出てきていないのか」

「ホリンズ?」フランシスは部下を見やって報告を促した。自分のチームは遊んでいるわけではないということを何としても証明したかった。

「その件はヒッチンズが」ホリンズが言った。

ヒッチンズ巡査はフランシスを見て、次にブラッドショーに視線を移した。

「事件と関係がありそうなものはまだ見つかっていません」ヒッチンズが答えた。「土曜の夜はたいへんな人出でした。タトゥー・コンベンションがあって、ふだん以上に人が集まっていたので。クラブなんかも大盛況だったようです。通りは酔っ払いだらけでしたし、パーカのフードをかぶった連中が多くて……」

「まだ調べが足りないな」フランシスは言った。「知人に当たって、土曜の夜の被害者の行動を洗い出してください。カメラの映像ももう一度確かめて」

「被害者の失踪届は出ているのか」ブラッドショーが訊いた。

「いまのところ出ていません、ボス」ローリーが答えた。

「ま、意外ではないな」ブラッドショーはつぶやいた。「よし、みんな続けてくれ。明日の昼休みまでに、このボードに容疑者の顔写真を並べろ」そう言って捜査情報を集約したボードをこつこつと叩く。「ああ、それともう一つ。新聞の取材に応じたのは誰だ？　今朝の『アーガス』に記事が出ていた。憶測だらけの記事だが、大急ぎで蓋をしなくてはならん」

それから、フランシスに人差し指を突きつけた。「おまえ。サリヴァン。いますぐオフィスに来い」

「はい、警部」

フランシスはブラッドショーを追いかけて廊下を歩き、階段を上って、最上階にあるブラッドショーのオフィスに向かった。捜査会議で叱りつけただけではまだ足りず、続きを聞かされるのだろう。ブラッドショーはもどかしげにフランシスをオフィスに通し、自分は聞こえよがしのため息をついてデスクの椅子に腰を下ろしたものの、フランシスには椅子を勧めなかった。フランシスはデスクの前に直立不動で立ち、叱責の言葉を待った。

「いいか、フランシス。部下の前でおまえに恥をかかせたくはないが、もっと結果を出してもらわなくては困る。おまえを推薦して昇進させたのは、おまえならやれると期待したからだ。大きな賭けだった」

「わかっています、警部。心から感謝しており……」

「感謝などいらん。わたしはおまえを信じた。これまでのところ、当てははずれたと言うしかなさそうだ。答えの見つかっていない疑問が多すぎる。動機は何だ？　強盗事件が殺人に発展したのか？　死体は財布を持っていなかったんだろう。持っていたなら身元はもっと早く判明していただろうからな。日曜に現場周辺をパトロールしていた者とは話をしたのか？　事件当夜、電話当番だった者をつかまえて、通報一覧を出させろ」

ブラッドショーは自分の声に聞き惚れるタイプの人物だ。これまでの経験から、話題が尽きるまでしゃべらせておくのが最善であることはフランシスも知っている。

「死体の第一発見者の女はほかに何を話していた？　新しい情報はないのか？　報告できることが一つくらいはあるだろう」

「いいえ、警部。今回の通報の件に関して、彼女はかなり口が重くて。被害者の遺留品に財布はありませんでしたが、ジーンズのポケットに相当額の現金が残っていましたので、強盗の線は薄いかと思います。パトロール警官の件はヒッチンズにまかせてあります。遺族の事情聴取はアンジー・バートンが」

「第一発見者は何か隠しているのか？　通報時に名乗らなかった理由は何だ？」

「警察に対してかなり反感を抱いているようです」

ブラッドショーはあきれたような顔をした。

「だったら、その理由を調べ上げろ。それが事件と関係している可能性もあるだろうからな。ふつうの人間は理由もなく警察に反感を抱いたりしない」

死体からタトゥーが切り取られていたことに関する自分の仮説を話すべきだろうか。フランシスは迷った。しかしブラッドショーの顔はすでに真っ赤になっていた。いま以上に血圧を上げるような話は聞かせないほうがいいだろう。

「第一発見者の夫は？　捜査の参考になるようなことを何か言っていたか」

「いいえ。施術料金を踏み倒されたことだけです。といっても、もうずいぶん前の話ですが」

そう答えたとたん、ブラッドショーは耳から湯気を噴き出し、椅子に座ったまま背筋を伸ばした。

「金を取りそこねた相手が死体で見つかったわけだろう。そいつが例のボードに顔写真を貼るべき最初の容疑者ではないか。そいつをしょっ引いて取り調べろ。わたしの時間をこれ以上無駄にしないで、やるべきことをやれ。さもないと捜査の指揮はローリーに執らせるぞ。おまえは定年まで信号に立って交通整理だ」

III

ほんの数秒で段取りは決まった。先に頭部を切り落として持ち帰ったほうが、集中して作業しやすいだろう。頭皮を剝ぐのは、細心の注意を要する作業なのだ。ただし、野外で首を切断するにはのこぎりが必要だし、おびただしい量の血が流れることになる。男はまだ意識を失ったままで、息づかいは震えていて弱々しいが、その音には心を落ち着かせる効果があり、頭のなかで手順を組み立てることに集中できた。

この駐車場でやるのはまずいだろう。今夜はここで獲物を待ち伏せし、エーテルを含ませた布きれを背後から口に押し当てて失神させた。特徴のない白い貨物バンのなかでやるわけにはいかない。農場に戻ってからというのも気が進まなかった——形跡を消したり死体の始末をしたりといった手間はごめんこうむりたい。一方で、このすてきな街にもう一つ名刺代わりを残したい気持ちもあった。第一の名刺はパビリオンに残した。今度は桟橋の下にでも隠しておくとしようか。死体を隠すのにちょうどいい暗がりはいくらでも見つかるだろうし、日が昇るまでに血はきれいに洗い流されているだろう。人目につく場所ではないし、奥の暗がりでこいつが発見されるころには、わたしやバンや農場とこいつとを結びつけるものはきれいに失われているだろう。

小僧――こいつは一人前の男というより、まだ子供に近い――が小さくうめいた。そろそろエーテルの効果が薄れ始めているようだ。茶色いガラス瓶の蓋を手早くゆるめ、布きれにエーテルをまた染みこませた。小僧は、古い知り合いを歓迎するかのように、ため息とともにそれを吸いこむ。わたしはふたたび、小僧のことを忘れて計画の立案に没頭する。

バンには食肉処理に使うのこぎりを積んである。それを使えばこいつの首を切断するくらいはあっという間に終わるだろう。腕時計を確かめると、午前二時になるところだった。時間はまだたっぷりある。夜明け前にアトリエに戻れるだろう。そのとき首がまだ体温を残していれば、皮膚が硬直する前に楽にタトゥーを剝がせる。そこまでの作業を終わらせてしまえば、頭の残骸をあわてて処分する必要はない。

よし、計画はできた。いよいよ作業に取りかかろう。小僧の手首と足首をケーブルタイで縛った。作業中にきっとまた意識が戻るだろう。大判のバスタオルを頭部に巻きつけ、後ろ側で大きな結び目を作った。頭皮に傷をつけてはならない。死んだ皮膚は治癒しないから、ほんの小さな傷であっても保存処理したタトゥーに粗《あら》として永遠に残ってしまう。

四十分後、バンでマデイラ・ドライブを走っている。桟橋の入口前を通り過ぎてケンプタウンの方角に向かう。すれ違う車は一台もなかった。運のいいことに、今夜は月がない。ビーチに下りるときも、ベルベットのような漆黒の闇がわたしを守ってくれるだろう。誰もいない一角を見つけ、駐車スペースに車を駐めた。数分様子を見たが、あたりは死んだように静かだ。こんな時間に犬の散歩に来る住人もいないだろう。完全に一人きりだと信じるしかない。

荷台から小僧のうめき声が聞こえてきた。怯えて身をよじらせている。小便と恐怖のにおいがして、ぞくぞくするような快感が体を駆け抜けた。のこぎりの刃が小僧をふたたび暗闇へと連れ戻すあいだ、あえて眠らせずにおこうかという愉快な考えが頭をよぎった。しかし、抵抗されて、貴重な頭をビーチの砂利に落とす危険を冒すわけにはいかない。またもやエーテルを使って小僧を静かにさせたあと、バンの荷台のドアを開けた。道路から小僧を引きずってビーチに下りていく姿を見ている者はいない。波打ち際にしゃがみこんで切断作業を始めるところを目撃する者もいない。のこぎりの歯が皮膚を引き裂く音、骨を切断するごりごりという音を聞く者もいない。力強い波の音が味方だ。ほかに誰ひとりいないなか、小僧の体は波打ち際の浅瀬に力なく沈んでいく。ひたひたと忍び寄る海峡の黒い水に血のリボンが解けていくのを目撃する者もやはりいなかった。唯一の例外は仲間とはぐれた一羽のカモメだ。鋭い目を浜に向けてジャンクフードを探している。その目はもちろん、わたしをしっかりととらえた。

アトリエに戻り、切断した頭と正面から向かい合った。茶色の目は開いていた。生命を失ったそれは、まるでガラス玉だ。額の左側にあるクモの巣はくっきりと見えているが、頭に描かれた巨大なクモの輪郭は、腰のない髪が無精ひげのように伸び始めているせいで、ぼやけている。頭頂部をそっとなでてみた。短く刈りこまれた髪が指先の柔らかい部分をくすぐる感触。ぞくりとした。しかし毛が触れるのはいまだけだ。皮をなめす過程で、毛髪は薬品によって除去される。頭部はまだぬくもりを残していて、皮膚は柔らかくしなやかだ。向きを変え、巨大なクモの腹から伸びる細い糸で描かれた文字を見た。

Belial

のたくるようなブラックレター体で綴られた悪魔の名前が、後頭部に巻きつくように彫りこまれている。

〝キリストとベリアル《Belial》となんの調和があるか。信仰と不信仰となんの関係があるか〟

わたしはささやき、ナイフを手に取る。聖書のコリントの信徒への手紙二のなかの、わたしの好きな一節だ。わたしの力を信じなかったあの男に見せてやる。わたしにどこまでやれるか、教えてやる。肉親に拒まれたとき、野心の炎はいっそう激しく燃え盛る。そういうものだろう？　自分の成功を見せつけて復讐したいと思うようになるものだ。

ここまでできたら、あとはもう、焦らずに時間をかけて皮膚を骨から剝がしていくだけだ。

10 ローリー

ローリー・マカイは、フランシスが捜査会議でしどろもどろになっている姿に小躍りした。今日の遅刻はフランシスの一つ目の黒星としてブラッドショーの閻魔《えんま》帳に記録されただろうし、やつが質問に一つ答えるごとに事態は悪化した。ローリーは、対照的に、手柄を着実に自分のものにして得点を稼いでいこうと考えている。いまの調子でいくと、フランシスは昇進後初の事件が解決するまでもつかどうか怪しい。

とはいえ、チームとしての目下の最優先事項は事件を解決することだ。しかも今回は珍しく、被害者は子供ではなく、性的な被害を受けた若い女でもなかった。捜査はさほど難航せずにすむだろう。犯人の動機が強盗でないなら、きっとコソ泥同士の仲たがいだ。ローリーは、ブライトンを縄張りにしている悪党の顔ぶれをおおよそ把握している。今回の殺人はギャングがらみと断言してもいいが、新しいボスはとにもかくにも経験が浅い。フランシスが一つ大きなへまをしてくれれば、ローリーが代わって捜査の指揮を任され、ついでに警部補に昇進できると期待して間違いないはずだ。

ブラッドショーは不満げにしているが、捜査本部のボードには、捜査開始から三十六時間分の成果として悪くない量の情報がすでに集まっている。死体の写真や現場の鑑識写真がボードに並び、被害者の身元も判明した。エヴァン・アームストロングの過去をちょっと掘り返してやれば、容疑者のリストだってすぐにできるだろう。

「マカイ巡査部長。ちょっと来てください」

ローリーがデスクから顔を上げると、サリヴァン警部補が部屋の入口に立っていた。

「はいよ、ボス」ローリーは立ち上がった。

フランシスが昇進と同時にあてがわれた、見かけばかり立派な狭苦しいオフィスに入る。すり切れたカーペットには、署内が禁煙になる前の時代についたたばこの焼け焦げがまだ残っている。ブライトン警察最年少のこの警部補が、幹部用の眺めのよい角のオフィスに移る日はおそらく来ないだろう。

このオフィスはおれのものだったはずなのに。

フランシスはデスクの奥に回り、ローリーは手前の椅子に腰を下ろした。フランシスは椅子に腰を下ろし、未処理書類入れのマニラフォルダーの角をもてあそんでいる。ローリーはそれを無言で見守った。フランシスのやつ、まるで先生に叱られてしゅんとなった小学生みたいだ。左右の頰のてっぺんが赤く染まっている。

「マーニー・マリンズとティエリー・マリンズに出頭を求めて尋問します。チームの誰かをすぐに行かせてください。今夜のうちに二人とも――アリバイの相談をする暇を与えたくありませんから」

アリバイだと？　おいおい本気か？

「了解、ボス。しかし、事件に関係してると思うのか？　その二人がグルだと？　だって、離婚してるんだろう？」

「離婚している。表向きは」しかし、コンベンション・センターの運営事務所で二人がそろった様子はいかにも親密そうだった。

ローリーは疑うような視線をフランシスに向けた。

「あの二人が事件に関係しているとはまず考えられません」フランシスは言った。「しかし、あらゆる可能性をつぶさなくてはなりませんから。エヴァン・アームストロングの死体からタトゥーが切り取られていた。マスコミはまず間違いなくこの事件を大げさに書き立てるでしょう。誰の目にも明らかな可能性を見逃そうものなら、容赦なく叩かれます」

ブラッドショーのこだまを聞いているかのようだった。

「探りを入れようってわけか」

サリヴァン警部補はため息をつき、軽く首をかしげた。

「残業代は出るのかな」ローリーは尋ねた。出るわけがないことはよくわかっていた。

「いいからさっさと仕事に戻ってください。残業代の件はぼくから警部に交渉しておきます」

興味深い。この若造は意外に血の気が多いらしい。しかも上司に楯突く度胸もあるようだ。

「任意同行の件は内密に――『アーガス』にすっぱ抜かれたりしないように」

非難がましい口調だった。ふん、昨日はマスコミの機嫌を取っておけと言っていたくせに。

ローリーがドアに設けられた長方形の小窓から取調室をのぞき、参考人の顔を確かめたのは、午後十時を過ぎてからだった。それも戦術のうちだ――参考人が疲労して無防備になる時間帯をあえて狙って話を聴く。黒っぽい髪の小柄な女がテーブルにつき、落ち着かない様子でカーディガンの袖をいじっていた。いかにも何かやましいことがあるような表情をしているのは、実際には何もやましいことをしていないからだろう。

ローリーはドアハンドルに手をかけて取調室に入った。

「マーニー・マリンズ?」

女は無言でローリーをねめつけた。

「日曜日にパビリオン・ガーデンズで起きたことについて、いくつかお尋ねします」

「でも、もう警部補にみんな話したんだけど。付け加えることはありません」

「それでもやはり、きちんとした供述調書を作成しなくちゃなりませんのでね」

ローリーは手帳をかまえて鉛筆の先をなめた。「始めましょうか、ミズ・マリンズ。日曜にパビリオン・ガーデンズに行ったとき何があったか、具体的に話してください」

「何か忘れてない？」

「何かな」

「被疑者の権利を読み上げてもらってない」

「いやいや、あなたは逮捕されたわけではありませんから。来ていただいたのは、供述調書を作成するためです」

女は椅子を後ろへ押しやって立ち上がった。「だったら、帰ってもかまわないってことだよね」

それは質問ではなく宣言だった。

ローリーも立ち上がった。「ミズ・マリンズ。供述調書を作って、任意でいくつか質問に答えていただければ、あなたにとっても我々にとっても面倒が一番少なくてすみます。質問には答えていただかなくちゃなりませんし、いま答えてもらえないなら令状を取るだけです」

「一つ正直に答えてほしいんだけど、巡査部長さん。わたしは容疑者なの？　それとも違うの？」

　容疑者ではないにせよ、どうやら進んで捜査に協力する気はなさそうだ。事件解決の役に立ちそうなことを知っているとも思えないが。

「容疑者ではありませんよ。ただね、人がひとり殺されたんです。そしてあなたはその死体を発見した。あなたの話から――あなたには大した意味がないような事実から――犯人の手がかりが思いがけず浮かび上がってくるかもしれません。だから、さあ、座ってください。あっという間に終わりますから」

　マーニー・マリンズはしぶしぶ椅子に座り直した。警察の事情聴取を受けたことがあるのではないか――そんな気がした。捜査の手順についてある程度の知識を持っているのではないか。この女が住んでいる世界を思えば、そう珍しい経験ではないのかもしれない。

「では、日曜のことを話してください」

「パビリオン・ガーデンズにコーヒーを買いに行きました。大型のごみ容器で死体を見つけました。警察に通報しました」

　第一ラウンドの勝者、マーニー・マリンズ。

ローリーは椅子の背にもたれた。「短縮バージョンですね。みごとな要約だ。次はもう少し詳しく話してください。日曜の朝、何があったか、情景がフルカラーで目に浮かんできそうなくらい、詳しく」

納得のいく説明が得られるまでに六度もやり直すはめにはなったものの、それでも最後には捜査に少しでも役立ちそうな事実はすべて引き出せたという手応えがあった。マーニー・マリンズは精も根も尽き果てたような顔をしていた。

「ご協力感謝します、ミズ・マリンズ。もうお帰りくださってけっこうです」

マーニーは彼と視線を合わせずに立ち上がった。

ローリーは見送ろうとドアのほうに歩き出した。そしてドアハンドルに手を置いたところで振り返った。

「最後にもう一つだけ」ローリーは言った。「日曜の午前一時から五時までのあいだ、どちらにいましたか」

マーニーは一歩うしろに下がり、片手をテーブルに置いて体重を支えた。「そんなこと訊く権利はないわよね」

「いいえ、ありますよ。日曜の午前一時から五時のあいだ、どこにいましたか」

「わたしは容疑者じゃないんでしょ」

ローリーはドアの前から動かなかった。マーニーの息づかいが聞こえる。浅く、速い。怯えている。

「寝てました。ベッドで。自宅の」

「ご主人と一緒でしたか」

「元夫です。向こうはきっと、わたしとだけは一緒に寝たくないって言うと思うけど」

声がうわずっていた。テーブルに置いたままだった水の入った紙コップに手を伸ばす。口もとに運んだものの、手がひどく震えていて、水はほとんどがフォーマイカのテーブルトップにこぼれた。

ローリーは内心でほくそ笑んだ。隣の部屋で監視カメラの映像を見ているフランシスもいまごろ、ローリーの手練の尋問テクニックに目を瞠《みは》っていることだろう。マーニー・マリンズとともに取調室を出て受付に戻る途中で、彼女の元夫とすれ違った。制服警官に付き添われて取調室に向かっている。時刻は午前一時を回っていた。元夫は何時間も待たされて苦りきった顔をしていた。

「ちくしょうめ《メルド》」ティエリーがマーニーをにらみつけた。

マーニーは無言で目をそらした。

「それが奥さんに対する挨拶か」ローリーは言い、マーニーに向き直った。「あんな男、別れて正解でしたね」

マーニーを見るティエリーの視線は敵意に満ちていたが、マーニーがローリーに向けた視線もそれと同じくらい敵意に満ちていた。マーニーとティエリーの対立というより、マーニーとティエリーの陣営と警察の対立という構図のようだ。この元夫婦のいまの関係はどうなっているのだろうか。ローリーはマーニーを受付エリアから正面玄関に案内した。

「もう帰っていい？」マーニーが訊いた。

「ええ、今日のところは。このあとまたお尋ねしたいことが出てくるかもしれませんが」出てくるかどうかは、むろん、ティエリー・マリンズの証言内容にかかっている。しかし、マーニーにそこまで教えてやるつもりはない。

ティエリーの事情聴取を担当するフランシスが取調室に入り、今度はローリーが隣室から見守った。

「日曜の午前一時から五時のあいだ、どちらにいらっしゃいましたか」フランシスは開口一番そう尋ねた。

おいおい！　前置きもなしにいきなりそれか。容疑者とのあいだに見せかけの信頼関係を結ぶことさえしなかった。若造め。

「基本的には寝てたな」

フランシスはティエリーをじっと見据えた。被害者の身元を特定するのに協力したというのに、まるで容疑者のように署に連行されたのだから、ティエリー・マリンズが腹を立てるのは当然だろう。だが、フランシスのほうは何とも思っていないらしい。

「〝基本的には〟？　寝ていなかったときは何をしていたんですか」

「その時間はずっとベッドにいた」ティエリー・マリンズがそれでこの話題にけりをつけようとしているのは明らかだった。

「どこで？」

長い沈黙があった。さすがのフランシスも、あえて沈黙を埋めずに待つくらいの頭はあるらしい。

「若い女をナンパした。その女の家に行った。どのへんだったかはよく覚えていない」

「ナンパはどこで？」

「ハート&ハンド」

ノース・ロードの安っぽいパブだ。その店ならローリーも知っているが、そこへ酒を飲みに出かけていくことはない。警察の人間が歓迎されるタイプの店ではないのだ。

「女性の名前は？」

マリンズはうつろな表情で肩をすくめた。「リニーだったかな。リジーか？　そんなような名前だ」

「ミスター・マリンズ、その女性ともう一度会ったらわかりますか」

「そりゃわかるさ。マーメイドのトランプスタンプ（割注／腰のやや下、ローライズのウエストからぎりぎり見える位置に入れるタトゥー）を入れてたから。大したものじゃないよ。酔ってたから、細かいことはよく覚えてない」

「あいにくですが、細かい点まで確認しなくてはなりません」

「どうして？　エヴァン・アームストロングが死んだ件に何か関係してるとでも思ってるのか？　おれは容疑者なのか？」マリンズは文字どおり吐き捨てるようにそう言った。

「タトゥーの料金を踏み倒されたんでしたね？」

ティエリー・マリンズは低くうなり、椅子の上で九十度向きを変え、フランシスから目をそらした。要するに、事情聴取は失敗したのだ。捜査に協力する気がほんのわずかでもティエリー・マリンズにあったとしても、いまやそれはきれいになくなっていることだろう。

「弁護士を呼んでくれ。これ以上は何も話さない」

膠着《こうちゃく》状態に陥ったようだ。だから、こちら側の部屋の電話が鳴り出すと、ローリーは良心の痛みを感じることなく即座に応答した。

当番の巡査からだった。あわてている。

「マカイ巡査部長?　死体が発見されました。たったいま通報があって。ビーチです。パレス・ピアの下」

11 フランシス

今夜、少しでも眠れる可能性は〝ほとんどない〟から〝ゼロ〟になったな、とフランシスは思った。ローリーが運転する車はオールド・スタインを猛スピードで飛ばし、無人の環状交差点《ラウンドアバウト》をそのままの速度で突っ切ったあと、パレス・ピアの入口に設けられた広場の前の駐車禁止エリアに駐まった。先に到着していたパトロールカーが二台、マデイラ・ドライブの横断歩道手前のジグザグの白線の上に停まっている。救急車も一台、エンジンをかけたまま待機していた。

「救急隊は無駄足を踏んだようだな」遊歩道とビーチをつなぐ石段を駆け下りながら、ローリーが言った。

たしかに。救急車が来ても意味がない。現場検証には数時間かかるだろうし、死体は病院ではなくまっすぐ検死局に運ばれるのだから。

「ヒッチンズがまたヘドをまき散らして、今度は病院に担ぎこまれるはめになれば、来た甲斐があったってことになるだろうが」ローリーが付け加えた。

二人は砂利のビーチを横切って現場に向かった。

促した。

「報告を頼む、巡査部長」フランシスは、二人に気づいて近づいてきた巨漢の制服警官に
「桟橋の下で死体が発見されました。通報があったのは一時間ほど前、通報者は若いカップルです」

「発見時、彼――または彼女――はたしかに死んでいたんだな」

「男性です。頭部がなくなっています」

なるほど。それなら間違いなく死んでいるだろう。

「さっそく見てみよう」

巡査部長の案内で、桟橋の下の暗闇に分け入った。大勢の制服警官がいて、鉄と木でできた上部構造を支える太い支柱に青と白のテープを巻きつけていた。

「そのカップルはこんなところで何をしていたんです？」フランシスは尋ねた。

ローリーが吹き出した。

「ナイトクラブから自宅に帰る途中だったそうです」巡査部長は表情一つ変えずに答えた。

やっとぴんときて、フランシスの頬がかっと熱くなった。

ローリーは黙っている。何か言う必要もない。ポケットから黒いプラスチックの電子た

ばこを取り出して口にくわえた。三人は砂利を踏んで奥へ進んだ。

死体は波打ち際にうつぶせで横たわっていた。首の血まみれの切り口は、巡査部長が向けた懐中電灯の弱い光に照らされると真っ黒に見えた。上半身は裸だが、血の染みたジーンズとスニーカーは着けたままだった。ジーンズの後ろポケットは財布の形にふくらんでいた。足の片方はちょうど波に洗われるかどうかの位置にある。

「潮が満ちてくるところかな。それとも引くところ？」フランシスは尋ねた。

ローリーがビーチに目をこらす。

「満ちるところのようだな。だけど見た感じ、そろそろ満潮だろう」

「まだ上がるようなら、現場が汚染されてしまいますね。急いだほうがいい」フランシスはあたりを見回した。「どうしても入る必要のある人間以外は立入禁止にしてください。ローリー、鑑識用のカバーオールがいります。巡査部長、鑑識があとどのくらいで来られるか確認して。ライトの設置も頼みます」

ローリーはビーチを上って車に戻った。

「それと、頭部の捜索を始めてくれ」

十分後、フランシスがカバーオールを着て現場検証を監督しているところに、検死医のローズ・ルイスが到着した。鑑識班が持参の大型ＬＥＤランプを設置し、フランシスとローズは死体をより念入りに調べた。強力な照明の下で改めて見ると、死体の皮膚は緑色を帯び、首の切り口は黒から暗い赤に変わって、鈍く光を反射していた。ずたずたになった軟組織に凝固しかけた血がへばりつき、ゼリーでできた大きな泡のように小さく震えている。切り口の輪郭の皮膚は、首を切断した工具によってえぐられ、裂かれ、引きちぎられていた。胴体にたくさんのタトゥーが刻まれ、左右の腕にもタトゥーがあった。黒っぽい幾何学模様は、フランシスのいる位置から見ても意味不明だ。ローズは鑑識の一人に指示して写真を撮らせ、自分は死亡推定時刻算出のために死体の温度、地表温度、気温を計測した。

フランシスはローズの証拠品収集キットから使い捨てピンセットを借り、ポケットから財布を引っ張り出した。茶色い革の二つ折り財布で、ぐっしょりと水を吸って重かった。手袋をはめた手でなかをざっと検《あらた》め、身分証明書を探す。現金、レシートの束はあるが、持ち主に関する情報を与えてくれそうなものは何もない。

財布をビニールの証拠品袋に収めた。レシートが濡れて完全にだめになっていなければ、何らかの手がかりを読み取れるかもしれない。

ローリーとフランシスは並んで死体を見つめた。

「タトゥー、か」ローリーがつぶやく。

「切り取られた分はなさそうよ」ローズが思考の先を読んで言った。

「だな。しかし、本人がデータベースに登録されてる可能性は高そうだぞ。タトゥーのいくつかはギャング関係のものに見えるから」

ローリーに言わせれば、タトゥーはかならず犯罪と関連している。ほんの何時間か前まではフランシスも同じように考えていた。しかし、いまはそう言い切ることにためらいを覚えた。エヴァン・アームストロングの周辺を徹底的に洗ってみたが、犯罪との関連は何一つ見つからなかったからだ。

「指紋の採取はモルグに戻ってからにするわ」ローズが言った。「この現場は不安定だから。落ち着いて検死ができる場所にできるだけ早く移したほうがよさそう」

「殺害現場はここですか。それとも、殺されたのは別で、ここには遺棄されただけ？」フランシスは尋ねた。

「まだ何とも言えない。ただ、どこであれ、首を切断すれば大量に出血する。死後に切断されたのなら別だけど」

「切断は死後に？」

ローズは小型懐中電灯の光を切り口にまっすぐ向けた。一瞬の沈黙があった。急に波の音が大きく聞こえ、足の下の砂利がさらわれていくような錯覚があった。フランシスは半歩下がって足を踏ん張った。どんなものもみな不安定だ。自分の人生を制御できているつもりでいたとしても、引き波はいつだって待ちかまえていて足をすくうのだ……。

「違うようね。首を切断されたとき、この若者はまだ元気に生きてた——見るかぎり、大量の出血があったようだから。死後に切り落とされたなら、ここまでの出血はなかったはずよ」

12 ティエリー

　刑事の顔など二度と拝みたくない。できるならこのまま一生な――ティエリー・マリンズは内心でつぶやきながら警察本部を出て、ジョン・ストリートを歩き出した。ちくしょう《メルド》！　角を曲がってエドワード・ストリートに出たところで、買い物用カートを押したばあさんとあやうく正面衝突しかけたが、頭に血が上っていて、立ち止まって謝ろうという考えはまるで浮かばなかった。こっちは大事な使命を帯びているのだ。謝罪すべきはばあさんのほうだろう。それにしてもマーニーのやつ、まったくいまいましい。くそ《ピュタン》！　よいものはいつだって逃げていき、過ちからはなぜか絶対に逃げられない。

　留置場で十六時間。ついさっき当番の警官から返却されたばかりの腕時計を確かめた。電話は許可されず、弁護士に連絡できなかった。逮捕されたわけではないのだから、弁護士に連絡する必要はありませんよね？　それが連中の言い分だ。しかしティエリーは、自分には弁護士を呼ぶ権利があることをよく知っている。その権利を侵害された。警察のくそったれどもめ。

　テイクアウト店から焼きたてのペストリーの香りがふわりと漂って、ティエリーは足を止めた。警察ではもう少しで餓死するところだった。夜のあいだに何度か、干からびて端が反り返った白パンにおかしな臭いのするツナをはさんだサンドイッチを出されたが、とても食べられた代物ではなかった。同じものがテーブルに置かれるたびに、ティエリーは紙皿を押しのけた。この二十四時間、胃袋に入れたものは、警察のまずいコーヒーのみ。固形物は皆無だった。

やがて、釈放するか逮捕するかの決定期限が迫ったころ、当番の警官が取調室に顔を出し、彼のアリバイを確認できたと告げた。マーメイドのタトゥーのあるリサという女を捜し出して尋ねたところ、たしかに土曜の夜、パブで知り合った男を自宅に連れ帰ったこと、その男が日曜の朝九時ごろまで一緒だったことを認めた。その女のほうもティエリーの名前を思い出せなかったとかで、その警官はそれを大いにおもしろがっていた。

ティエリーはソーセージロールを買って店を出た。そろそろ昼飯時だ。午前中をまるまる無駄にしてしまった。予約が二件入っていたことを思うと、金銭的にも大打撃だ。シャルリかノアがピンチヒッターを務め、クライアントを手ぶらで帰らせずにすんでいるかもしれないが、損害は損害だ。

エドワード・ストリートは途中からイースタン・ロードに名前が変わる。ブライトン大学の前にさしかかったところでぼんやりと考えた。あのエリート臭漂う警部補は人格形成期をこの赤煉瓦の建物で過ごしたのだろうか。通りを反対側に渡ってカレッジ・プレースに折れ、もう一つ角を曲がってグレート・カレッジ・ストリートを歩き出した。マーニーの家――より正確を期すなら彼の家――は、この通りのなかほどの右手にある。窓から室内をのぞきたい衝動にあらがい、玄関ドアを乱暴にノックした。玄関の鍵を渡したのは間違いだった。だが、あのときはそうすべきだと思ったのだからしかたがない。その結果、マーニーはこの家とアレックスの両方を手に入れ、ティエリーは、バスルームにカビが生えた、一部屋しかないみすぼらしいフラットに一人で暮らしている。

　かつて自分のものだった玄関ドアに怒りの視線をねじこむ。待たされて、怒りの炎はいっそう激しく燃え立った。ついに怒鳴り声を上げ、ドアの一番下のパネルを蹴りつけたところで、ようやくドアが開いた。

　マーニーは驚いたように目をしばたたいてティエリーを見上げた。怯えた表情が顔をよぎるのがわかった。どこか呆然とした様子で一歩うしろに下がる。

「マーニー?」なんとしてもマーニーを守ってやらなくてはという体に染みついた衝動が働き、怒りはつかの間消え失せた。何年ものあいだ、その衝動こそがティエリーの通常モードだった。

「ティエリー」マーニーは彼の鼻先でドアを閉めようとした。

「おい、待てって」ティエリーは閉まりかけたドアの隙間に爪先を押しこんだ。

「怖いからやめて」

「そっちは警察に人を突き出したくせに」マーニーが何に怯えているのか、ティエリーには察しがついた。いつになったら過去を忘れるのだろう。「入れてくれ」

ティエリーはドアを押した。しばし押し問答が続いた。ティエリーが勝ちを収め、マーニーを押しのけて玄関ホールに入った。呼吸が落ち着くまでしばらくかかった。

「言ってみろよ、何が怖いんだ、マーニー?」

「何でもない。ちょっと心配になっただけだってば。今回の事件で……昔のことを思い出しちゃったから」

やはりそうか。マーニーがこちらを向いた。疲れた表情をしていた。あの顔なら知っている――夜は眠れず、食事もろくに取れていないときの顔だ。一人で対処しきれていないのだ。だからといって、自分がついていてやる必要はあるのか。今度もまたそれだけの責任を負う覚悟は自分にあるだろうか。

「ポールはまだ塀のなかだ。心配することは何もない」ティエリーはいくらか口調を和らげた。

「刑務所にいても、わたしに連絡したいと思えばいくらでも方法はあるみたいだから」

こんなことを言い合うために来たのではないし、忘れたままにするのが一番いい話を蒸し返すのもいやだった。「そもそもこんな事件に関わっちゃいけなかったんだよ、マーニー。おれだって警察とまたもめるなんてごめんだ」

マーニーはため息をついた。「わかってる。ごめんね」

「朝まで引き留められたよ」

マーニーは驚いたようだった。「ワイン、飲む？」

せめてそのくらいのことはしてもらっていいだろう。「いま開いてるのは何だ？」ティエリーは尋ねた。

「コート・ド・ブライ」

ティエリーは軽く顔をしかめた。好きな銘柄ではない。

「その前に謝ってもらいたいな」と言って首をかしげた。

「何について？」

「ちくしょう《メルド》！　いいか、十六時間も警察でしぼられてたんだぞ。おまえのせいで」

「たったいま放免されたばかりってこと？」

「そうだ《ウィ》よ。心配してくれてどうも」

マーニーは肩をすくめた。「ずっと拘束されてたなんて、全然知らなかったもの」

「連中はおれが犯人かもしれないと思ってるらしい。殺されたやつに料金を踏み倒されたから」ティエリーはため息を漏らした。「脚のタトゥーを彫ったのはおれかもしれないなんて、どうして連中に話した？」

「よしてよ、ティエリー」マーニーはむきになって首を振った。「匿名で、たった一度、警察に電話しただけ。だって、死体を見つけちゃったんだよ。知らん顔すればよかったとでも？」

「そうさ。いずれ誰かが見つけただろう」

マーニーのあとを追ってキッチンに入った。二人のキッチンだ。彼が内装を設計し、シャルリに手伝ってもらって造ったキッチン。二人の結婚生活で一番幸せな時期だった。トラブルはすべてフランスに置き去りにしてブライトンに移り、ここで新たな生活を始めた。生まれたばかりの息子の世話をするうちにマーニーの傷は少しずつ癒え始め、それからしばらくのあいだ、これからはもう安心だとティエリーは信じた。

マーニーは赤ワインが半分ほど残ったボトルから、グラス二つに分けて注いだ。

「忘れないで」グラスを差し出しながらマーニーは言った。「わたしはね、息子に手本を示さなくちゃならないの。責任から逃れてもかまわないだろうってあなたは思ってるのかもしれないけど、誰か一人はちゃんとしたおとならしくふるまわなくちゃ」

「どんな責任だ？」

マーニーはあきれ顔で天を仰いだ。「何よりもまず、自分の子を養う責任」

ティエリーはうめき声を漏らした。またその話か。すっかり聞き飽きた。言いたいことはもう何もない。

「ワインを飲んだら帰って、ティエリー。疲れてるの。こんな話はしたくない」

ティエリーはワインの香りを確かめた。

「悪くなってる。このワイン、酸化してるよ」そう言って肩をすくめた。「それに、ポールのことはもう心配するな。少し眠ったほうがいい」

マーニーの視線は、ティエリーが出ていくときこのキッチンの抽斗に置いたままにしたサバティエの包丁のようによく切れそうだった。

「手紙が来た」

「いつ？」

「二カ月くらい前」

なのにこっちには黙っていたわけか。ティエリーの胸がちくりと痛んだ。

「何て言ってきた？」

「開けてないから知らない」

マーニーの顔にまたしても怯えた表情が浮かんでいた。ふいに、何もかも解決して安心させてやりたくなった。「とくに意味があるわけじゃないさ、マーニー。おまえの気持ちをもてあそんでるだけだ。あいつは刑務所のなかなんだ。何もできやしない」

「でも、手紙は届いた」

ティエリーは降参のしるしに両手を挙げた。

「その手紙、まだあるのか？　見せてくれ」

「捨てた」

嘘だとわかったが、疲れていて、言い争う気になれなかった。

「わかった。じゃあ、帰るよ」

廊下に出て歩き出したところで、階段の上からアレックスが顔を出した。まだパジャマを着たままで、いかにも眠たそうな目をしている。

ちくしょう《メルド》。

「パパ？　どうしたの？」

「もう帰らなくちゃいけないんだって」マーニーが横から言う。

マーニーがすぐ後ろから来てティエリーを玄関のほうに追い立てた。

「わたしにかまわないで、ティエリー。もう来ないで。顔を見るだけでポールを思い出しちゃう」

マーニーから言われて立ち直れないほど深い傷を残す言葉があるとすれば、これがまさにそうだった。いまもそんな風に考えているのだとすれば、二人の関係はこのまま永遠に修復できないだろう。喉もとに感情がせり上がってきた。いまの表情を見られたくなくて、ティエリーは顔をそむけた。

マーニーがドアを開け、彼を玄関前の階段に押し出す。

「ポールって誰？」階段の上からアレックスが尋ねる声が聞こえた。

ドアが音を立てて閉まり、ティエリーは一人きりになった。

それは一連のプロセスだ。剝皮。塩漬け。水漬け。石灰漬け。裏打ち。脱灰。酵解。酸漬け。脱脂。なめし。中和。加脂。水絞り。伸ばし。乾燥。柔らかくしなやかな革に仕上げるには、どの工程もおろそかにできない。

人は人間の皮膚を皮革《レザー》とは考えないものだ。しかし実際には、大いに魅力的な製品になる。とりわけタトゥー入りの革はすばらしい。皮を目当てに動物を殺す前にタトゥーを入れないのはなぜなのかといつも不思議に思う。二つとない美しい革ができあがるだろうに。

今回の皮、風変わりなクモの巣のタトゥーが入ったこの頭皮は、ため息が出るような逸品に仕上がるに違いない。頭の皮を剝ぐのは、細心の注意を要する作業だ。ゆっくり慎重に進めないと、皮膚が破れてしまう。なめす前の皮は、強度に欠ける。かといって、あまり時間をかけすぎてもいけない。温かい皮膚は柔軟で扱いやすいが、冷えるにつれて固くなり、作業は難しくなっていく。小僧の頭皮に一センチ刻みで切りこみを入れ、頭骨から優しく剝がし終えるのに、二時間かかった。

頭皮はいま、腐敗を防ぐために塩水に浸けてある。これは原皮が革に変わるプロセスの第一段階にすぎない。塩には脱水と殺菌の効果がある。剝がした頭皮は、よく肥えたコイのように水面で身をくねらせていた。

わたしは特殊な職業に就いている。これは名誉といっていい。〝コレクター〟がわたしに皮の処理を一任するのは、わたしのたぐいまれな才能を認めてくれているからだ。

汚らわしい実の父は、最後まで理解しなかったが。

なぜ急にそんなことを思い出したのだろう。作業中は父のことなど考えたくない。父に思考に入りこまれたとたん、両手が震え出す。集中が削がれる。頭から追い出そうとすればするほど、父の存在感はかえって大きくなり、わたしを貶《おとし》め、嗤《わら》い、絶対に認めたくない真実を突きつける。

目を閉じ、深呼吸を繰り返した。コレクターのことに意識を集中し直す。

コレクターは、実の父の過ちを埋め合わせてくれた。実父にいったい幾度、落胆させられたことだろう。実父はわたしを落伍者と見た。コレクターはわたしの美点を見る。彼はこの仕事に目的を与えた。皮をなめらかにすること。しなやかにすること。慈しむこと。

そして原皮を生きていたときよりはるかに美しいものに作り替えること。わたしは生き物から皮を剝がし、芸術に生まれ変わらせる。芸術は、命よりも価値がある。

この仕事には、大きな癒やしの力がある。

13 フランシス

　通りに面した看板を見上げて、どうやらここが目当ての店らしいとわかった。マーニー・マリンズがコンベンション会場で少女の脚に彫っていたのとまったく同じ色合いの赤とピンクのキクの花に重ねて、〝セレスティアル・タトゥー〟という店名が黒い筆記体で書いてある。ここがマーニーのホームグラウンドというわけだ。フランシスはウィンドウ越しに暗い店内に目をこらした。こぢんまりとしたカウンターが一つ。ふぞろいの椅子が何脚か片側に寄せてあった。壁は――タトゥー・スタジオだけあって――タトゥーのデザイン画で埋め尽くされている。カウンターの奥の棚にたくさんのキャンドルと本が何冊か、それに雑多な小物がいくつか並んでいるようだったが、薄暗くてはっきりとは見分けられなかった。

　ドアの店内側に〝ＯＰＥＮ〟の札が下がっているものの、営業中には見えない。フランシスは使い古した革のブリーフケースを脇にはさみ、もっとよく見ようと両手でガラスに影を作って店内をのぞきこんだ。奥にドアが一つ。その周囲からうっすらと光が漏れている。マーニー・マリンズは留守というわけではなさそうだ。

ガラスのドアを軽くノックしたあと、ドアハンドルを試した。ドアは勢いよく開いた。蝶番が錆びているのか、ぎいと大きな音が鳴った。

「こんにちは」

なかに足を踏み入れる。それと同時に、奥のドアから歯をむいてうなる毛皮の塊が飛び出してきて、フランシスに体当たりした。フランシスはバランスを崩し、ガラスのドアに背中から突っこんだ。ガラスの破片が降り注ぐ。犬の息の臭いがした。力強い顎がフランシスの腕に食らいつこうとしている。牙は腕ではなくスーツの袖をとらえ、生地が裂けた。フランシスは声にならない悲鳴を漏らし、手足をばたつかせて逃れようとした。

「誰?」

頭上のライトがついた。

「誰なの?」マーニー・マリンズの声だ。パニック寸前といった風に聞こえた。

「フランシス・サリヴァンです」

「え、誰?」

「サリヴァン警部補」

「ちょっと、ペッパーやめて!　こっちに来なさい、ペッパー!」

よだれを垂らしたブルドッグは飼い主の命令を無視し、フランシスのスーツの袖を引き裂き続けた。

　あいかわらず息を切らしたまま、どうにか首を起こすと、奥のドア口にマーニーのシルエットが浮かび上がっていた。

「自分の犬なのに、言うことを聞かせられないんですか」フランシスは犬を振り払おうとしながら言った。

「ペッパー！」

　フランシスはなんとか上半身を起こし、空いたほうの掌をペッパーの鼻先に押し当てた。身を乗り出し、ペッパーの耳のすぐそばまで顔を近づける。ペッパーは喉の奥で低くうなり、スーツの袖にいっそうきつく歯を食いこませた。フランシスはマーニーをにらみつけながら、ブルドッグの薄い耳に思いきり嚙みついた。

　ペッパーは驚いて甲高い悲鳴を漏らし、フランシスの袖を放した。首を振ろうとしたが、フランシスのほうは耳に嚙みついたまま放さなかった。

「ちょっと、何してるの」マーニーがペッパーの首輪をつかむ。フランシスはようやく犬の耳を放した。顔をしかめ、手の甲で口もとを拭う。

「その犬はしつけ教室に通わせるべきでしょうね、ミズ・マリンズ」

　フランシスはガラスの破片を踏まないよう気をつけながら立ち上がり、床に放り出されたブリーフケースを拾った。マーニーは暴れ者の犬を店の奥へと引きずっていき、奥の部屋に押しこんでドアを閉めた。このときになって初めて店の入口のドアの惨状に気づいたらしく、口もとに手をやった。

「やだ」マーニーは首を振った。「怪我しなかった？」

フランシスはガラスのドアにぶつかった後頭部を手で確かめた。こぶができている。指先を見た。血がついていた。

「怪我しましたよ」血のついた手をこれ見よがしに持ち上げた。「こんな程度ですんで運がよかったですね。このスーツはもう使い物になりませんが」

「弁償させて」マーニーが早口に言った。声がかすかに震えていた。

「ええ、ぜひ弁償してください。それから、あの犬には口輪を買ったほうがいい。いや、犬を処分するべきかもしれないな」

マーニーは腰をかがめ、床に散らばったガラスの破片のうち大きなものを拾い集めた。

「番犬なの」

「入ってきたのがぼくではなくて、子供だったらどうなっていたと思います？」

マーニーのうなじの産毛が逆立ったのが見えた。「子供はまず入ってこない。タトゥー・スタジオだもの」

「水をもらえませんか。口のなかに犬の味が残っていて」

マーニーは店の奥の部屋に戻っていく。フランシスが仕切りのドアの手前でためらったことに気づいて、マーニー・マリンズはおもしろがっているような顔をした。

「ペッパーのことなら心配しないで。わたしのお客さんだってわかれば、嚙みついたりしないから」

フランシスはマーニーの後ろからおそるおそるスタジオに入り、室内を見回した。表側のスペースと同じように、壁はデザイン画だらけだった。スケッチや水彩画もあるが、タトゥー作品のクローズアップ写真も交じっている。スタジオは散らかっていた。奥の隅にあるデスクもだ。ほかにタトゥー施術用のテーブルと、昔ながらの理髪店のリクライニングチェアがある。コーナーキャビネットのガラス扉の奥には、水晶でできた頭蓋骨や本物の頭蓋骨がずらりと並んでいた。いくつかはメキシコの死者の日に飾る砂糖でできた頭蓋骨のようにカラフルに塗ってある。

「座って」マーニーは理髪店の椅子を指さした。「ウィスキー、飲む?」

フランシスは首を振った。「勤務中は飲酒しません」勤務中にかぎらず、酒はほとんどまったく飲まないが、それはマーニーに知らせる必要のない話だ。

マーニーがどこかに電話をかけ、割れたガラス戸を板でふさぐ算段をしているあいだに、フランシスは水を飲みながらペッパーをじっと観察した。ブルドッグのほうも警戒するようにフランシスをにらみつけていたが、デスクの下の薄汚れたクッションに体を伸ばしたまま動こうとせずにいる。嚙まれた耳を何度か前足でこすった。やがてのっそりと近づいてきて、フランシスの脚にぺしゃんこの鼻をこすりつけた。

マーニーがドアの寸法を測って戻ってきたときには、ペッパーは腹を出して床に寝そべり、フランシスの足に頭を預けていた。

いぶかしげな視線。「犬好きなの？」

「いいえ」

フランシスは革のブリーフケースのファスナーを引いて開け、光沢仕上げの大判の写真を取り出した。

「この写真について、ご意見をうかがえればと思って」フランシスは写真をマーニーに差し出した。

エヴァン・アームストロングの肩から切り取られたタトゥーの写真を拡大したものだった。マーニーは受け取って見つめた。

「これ、くず入れの男性の？」

フランシスはうなずいた。

マーニーはまた写真に目を落とした。

「ポリネシアン・タトゥーね。といっても、ポリネシアで入れたとはかぎらないけど。こういうトライバル風のタトゥーは、世界中どこででも入れられるから。すごく出来がいい。アーティストはわかってるの？」

だいぶ気持ちが落ち着いたらしく、マーニーは集中した顔つきでタトゥーの写真を見つめていた。

「それを調べるヒントをいただけないかと思って来ました。この写真は被害者の両親からもらったんですが、タトゥーの件は何も知らないそうです。息子の私生活についても」

マーニーは額に皺を寄せた。「タトゥーを見ただけじゃ、アーティストまではわからない。世界にはタトゥー・アーティストが何万人もいるし。それは知ってるわよね？」

「ええ、しかし……」

「それに、誰も作品に署名を入れたりしないし」

「イニシャルも入れないんですか」

「入れるアーティストも一人二人いるけど——自分中心に世界が回っちゃってるタイプの人に」マーニーは答えた。「でも、ほとんどのアーティストは、他人の皮膚に自分の名前を残す必要を感じない。そもそもタトゥーを彫らせてもらえるだけで光栄なことだから」

「でも、聖セバスティアヌスのタトゥーは、見ただけでティエリーのものだとわかったでしょう」

マーニーはよじ登るようにして施術用テーブルにちょこんと座った。「ティエリーのスタイルは誰よりよく知ってるの」

「しかしこのタトゥーのスタイルからは彫った人物はわからないわけですか。ブライトンのアーティストではない？」フランシスは自分もタトゥーの写真を見つめた。

「そうね、わからない。トライバル・タトゥーや民族伝統のタトゥーにはあまり詳しくないし」

しばし沈黙が続いた。

「それがどうしてそんなに大事なの？」マーニーが尋ねた。

「何がです？」

「アーティストが誰なのか。それが事件に関係がありそうってこと？」

関係があるだろうか。正直なところ、フランシスにもそれはわからなかった。手がかりになりそうなものを端から追ってみているにすぎない。

「いまの段階ではその可能性を否定できません」

「ティエリーを疑ってる？」

ろう。

「捜査の詳細はお話しできません」

話せないのは嘘ではなかった。話せるような詳細はまだ何一つわかっていないのだから。マーニー・マリンズからも何も引き出せそうにないなら、さっさと引き上げるべきだろう。


フランシスは辞去しようと立ち上がった。

「その写真、もらえる？　知り合いにちょっと訊いてみるから」マーニーは施術用テーブルから飛び降り、フランシスの手から写真を受け取った。「これを彫ったアーティストがわかったら、その人が疑われるわけ？」

「被害者の体からタトゥーを切り取って持ち去る理由を何か考えつきます？」フランシスは言った。「そういう伝統でもあるのかな」


事件の背景を知っておく必要がある。

「伝統？」マーニーは眉を吊り上げた。「どういう意味？」

「タトゥーの世界ではそうやって復讐するとか、新手の宗教の怪しげな儀式とか。あなたみたいな人たちの考えることはわかりません」

「わたしみたいな人たち？」マーニーは首を振った。「ねえ、わたしたちのこと、カルトか何かだと思ってない？　やめてよ。他人のタトゥーを切り取るなんて、そんな伝統があるわけないでしょ」

マーニーの憤慨した声を聞いて、ペッパーの耳がぴんと立った。

「いい？　あなたはタトゥーを入れたいとは思わない。そもそもタトゥーが嫌いなのかもしれない。それは個人の自由」マーニーはフランシスをにらみつけた。「だけどね、そういう一方的な決めつけはやめてもらいたいの。タトゥーを入れてるからって、カルトのメンバーだってことにはならない。みんなふつうの人なの。たまたまタトゥーを入れてるってだけ。共通してるのはその一点だけだしね。ちなみに、この国の全成人の二十パーセントはタトゥーを入れてるんだって」

フランシスは許しを請うように両手を挙げた。「すみません。差別とか、そういう意識があって言ったことじゃないんです。手探りで捜査を進めている状態で……」

自分は彼女の痛いところに触れてしまったらしい。何かが、あるいは誰かが、過去にマーニー・マリンズを傷つけたのだ。

「そうかな。差別意識が本当になかったら、いまみたいなことは言わないと思う」

二人は障壁で隔てられた。フランシスは話の接ぎ穂を探して店内に視線を巡らせたが、馴染みのあるもの、絆を築くのに使えそうなものは何一つ見当たらなかった。

「いえ、本当に、すみませんでした」

マーニーはまた施術用テーブルにもたれた。「でも、どうしてそんなにタトゥーを目の敵にするの？」

「目の敵にしているわけではありません」フランシスはゆっくりと言った。それは正真正銘の真実とはいえないが、いまはマーニーの協力が必要だ。「でも、理解もできません。だって、誰かに頼んで自分の体に一生消えない印を刻むなんて、いったいどうして？　ぼくにはその気持ちがわからない」

「自己表現」マーニーはそうひとことだけ言った。

それがどういう意味なのか、フランシスにはさっぱりわからなかった。

「母はよくこう言っていました……タトゥーは心の傷の表れ」つい早口になった。

マーニーが気色ばんだ。言ってはいけないことだったらしい。

「それ、鵜呑みにしてるわけじゃないよね」

「ええ……でも、タトゥーを入れる理由はいったい何です？」

「たしかに、心の傷の表れってこともあるかもしれない――でも、たいがいはもう少し前向きな理由かな……自立、希望、強くなろうっていう決意」マーニーは一瞬目を閉じた。それから、それまで以上にまっすぐな目でフランシスを見つめた。「子供を亡くしたの。背中に入れてるタトゥーは、その子の思い出として彫ったもの。死ぬまでその子を抱き締めていられるように」

「すみません」フランシスは謝った。彼女の心に土足で踏みこんでしまったような気がした。

「だけど、単に見た目の理由で入れる人のほうが多いかな」マーニーが続けた。「友達がみんな入れてるからって人もいるし、愛や敬意のしるしとしてっていう人もいる。わたしたち全員が同じタイプの人間というわけじゃないから、みんながみんな、同じ理由でタトゥーを入れることもない」

「ええ、それはわかります。コンベンションに行ってみてわかりました」フランシスはおずおずとマーニーを見た。「で、協力していただけますか」

マーニーの目は冷ややかだった。「できるだけのことはしてみる。知り合いに訊いてみるよ。だけど、あまり期待しないでよね、フランク」

「フランシスです」かちんと来て、低い声で間違いを正した。

マーニーも考えるより先に口に出すタイプの人間らしい。しかしフランシスにとってマーニーは、タトゥーの世界に入りこむためのただ一枚のチケットだ。この殺人事件の動機が、遺体から持ち去られたタトゥーに少しでも関係しているのなら、マーニーの協力に頼るしかない。エヴァン・アームストロングの肩まわりの皮膚が剝ぎ取られていた事実は、犯人の動機はまず間違いなくタトゥーにあることを示している。見つかったばかりの第二の被害者も全身にたくさんのタトゥーを入れていた。

次の被害者が出る前にこの事件を解決するためには、ぜひともマーニーの協力が必要だ。

V

わたしは有名人になろうとしている！

地元の新聞にわたしのことを書いた記事が載っていた。もちろん、マスコミはわたしの名前を知らないし、どこの誰だかも知らない。それでもわたしの事件は大きなニュースになり、いまや少なからぬ不安が地域社会に広がっている――いや、広がることをわたしは願っている。コレクターもわたしの記事を読んだだろうか。誇らしく思っているだろうか……。

売名に努める殺人者もいる。マスコミに手紙を書いたり、警察に挑戦のメッセージを送りつけたりする。わたしにそういう予定はない。使命を果たすだけで満足だし、愚かな殺人者が逮捕されるきっかけは当人が送った手紙と決まっている。警察の仕事を楽にしてやるような真似をするつもりはわたしにはない。『アーガス』が掲載するわたしの記事をただ楽しみに読むだけで満足だ。

細かな点に誤りが多すぎて腹が立つが、まあ、獲物のそれぞれに何が起きたか正確に知っているのはわたし一人なのだから、しかたのないことだろう。連中には、推測で書き、残った空白を恐怖と好奇心で埋めることしかできない。

いつかわたしをテーマにした本が出たりするだろうか。

わたしの物語を正確に書けるのは、言うまでもなく、このわたし一人だ。たとえば弟のマーシャルに、長子であるわたしの相続権を盗まれたこととか。弟はそもそも生まれてくるはずではなかった子供だ。母はあいつを流産しかけたのだから。なのに、歩いたりしゃべったりができるようになるや、あいつは一家のかわいいおチビちゃんになった。わたしより年下のくせに、頭が切れた。知恵をつけて、自分のほうが優れているように見せかけ、自分がしでかしたつまらない悪さの責任をわたしに押しつけた。食料庫からわたしがケーキをくすねたことにされた。クリーム色のカーペットに黒いインクをこぼしたのもわたし、母の花壇のアリウムやバラの花の部分を切り落としたのもわたしだ。弟のあのふっくらしたあどけない顔は簡単に人を信用させ、両親の見ていないところではわたしをあざけり、苦しめた。

弟はわたしに対する悪感情を父に抱かせ、やがて家族で経営していた会社の経営権を掌中に収めた。カービー皮革工芸。わたしの高祖父が百年前に創業した会社、わたしが継ぐはずだった会社。わたしなら会社を大事に育てて発展させただろう。わたしが継いでいれば、会社はまだ人手に渡ってはいなかっただろう。ところが、そうはならなかった。弟のものになった。パパのお気に入りのおチビちゃんのものに。

しかし、ここまではまだ、わたしの物語の序章にすぎない。

14 ローリー

男の息はウィスキー臭かった。ローリーはまずそれに気づいた。ローリーがテイクアウトのコーヒーを差し出すと、男はしなびた鳥の足のような手でカップを握り締めた。伸びっぱなしの爪は灰色に垢じみ、皮膚は白目と同じように黄ばんでいた。

「悪いな」男はしわがれた小さな声でつぶやいた。

ローリーは屋根つきのバス停留所の小さなベンチに男と並んで腰を下ろした。すでに午前二時を回り、深夜バスの本数は少なく、間隔は空いている。ほかの乗客が来て、ここでバスを待つことはまずないだろう。

「どうだ、元気にしてるか、ピート？」

「まあまあってとこかな《コムシ・コムサ》」ピートは甲高い笑い声を立てた。「ま、いつもどおりってことさ」

ローリーはうなずいた。ピートのような連中の日常は知っている。仕事を奪い合い、金を奪い合い、酒を奪い合う。

「何か噂は聞いてるか」ローリーは尋ねた。

近くに誰もいやしないのに、ピートは怪しむように周囲をちらちらと見た。

「噂ってのは……」

「いい情報があれば、金は出すぞ」

ピートは押し黙ったままだったが、金という単語が耳に入ったとたん、目が輝いた。

「いいか」ローリーは続けた。「おまえの情報が役に立つかもしれん。昨日の朝、死体が見つかった。小柄な男だ。まだ若い。ムショで入れたタトゥーがある。何か聞いてないか」

「どこで見つかった？」

「海沿いだ」あまり細かなことは明かしたくない。ピートは秘密を守れないたちだし、情報を敵方に売るチャンスが到来すればためらうことなく飛びつく。

「この週末に、いくつかでかい取引があるって話はあったな。そのうちの一つがやばいことになったらしいぜ。タイミングは合ってるか」

ローリーは肩をすくめた。

「誰と誰の取引だ？」

ピートは意味ありげな視線をローリーに向け、人差し指と親指の先をこすり合わせた。

予期していたローリーは、スラックスのポケットから紙幣の薄い束を引っ張り出した。

二十ポンド札を一枚抜く。ピートはあきれ顔をした。二十ポンドでは取引不成立らしい。ローリーは紙幣を見せたまま首を振った。「名前を知りたいんだ、ピート」

ピートは芝居がかったため息をついた。「だったらそれなりの金額を出せって」

四十ポンドがピートの手に渡り、代わりにピートは地元の密売人の名前を延々と挙げた。ローリーはその全員を知っていた。うち二人はいま刑務所で服役中だ。

「冗談じゃないぜ、ピート。いい加減なことを言うな。もう少しまともな情報をよこすか、いまやった金を返すか」

ピートは鳥の足のような手を弁解がましく持ち上げた。「わかったよ。コリンズ兄弟だ。しばらく前からごたついてる」

「コリンズ兄弟と、誰だ？」

「ルーマニアの組織がコリンズ兄弟のシマを狙ってる」

その程度の話はローリーもとっくに知っていたが、桟橋で見つかった死体についてはそれで説明がつくかもしれない。帰宅の道々、考えるにつれて、その仮説が真実味を帯び始めた。地元の密売組織同士の縄張り争いはいまに始まったことではなく、ブライトン市内の暴力事件の大部分はそれがらみで起きている。四十ポンドの価値のある情報ではないが、ピートと持ちつ持たれつの関係を維持しておく価値はあるだろう。ごくたまに、ものすごいネタを仕入れてくることがあるからだ。

次の朝、署でフランシス・サリヴァンに自分の推理を売りこんでみたものの、フランシスが買っていないのは明らかだった。

「情報屋の当てずっぽうですか。それとも何か確かな裏づけのある話ですか」

「そいつは証拠を集めようと思って動いてるわけじゃないからな」ローリーは言った。「しかし、捜査のとっかかりにはなるだろう。被害者は全身にムショのタトゥーを入れてたわけだから——いずれかの組織のメンバーなんだろうし、新しく起きたほうの事件は、いや、おそらく二件とも、ギャングがらみって前提で捜査を進めていいと思うが」

「先入観は危険です」フランシスがぴしゃりと言った。ローリーが手がかりを見つけたことが気に入らないのだろう。

「だったら、二番目の被害者がどこでタトゥーを入れたのか、ボスお気に入りの女流タトゥー・アーティストに当てられるかどうか、お手並み拝見といくかな」

ローリーはフランシスを出し抜いたつもりで鼻高々だったが、それは長続きしなかった。捜査本部の入口のドアが開いて、ホリンズがマーニー・マリンズを案内してきた。

「わざわざ来ていただいて、すみません」フランシスは入口まで行ってマーニーを出迎えた。

「断るって選択肢もあったみたいな言い方」マーニーは冷ややかだった。「ともかく、知ってることはもうみんな話したんだけど」

「ええ、そうですよね。情報を提供してくださって感謝しています」フランシスが応じた。「見ていただきたいタトゥーの写真があって。何かわかることがあれば教えていただきたいんです」

マーニーは肩をすくめた。「そのくらいなら」

フランシスは部屋の奥の誰も使っていないデスクにマーニーを案内し、そこに写真をずらりと並べた。血の気のない青ざめた皮膚に刻まれたタトゥーのクローズアップ写真だ。背景に写っているものから察するに、死体保管所《モルグ》で撮影したものだろう。

「この男性は、火曜の朝早くに発見されました。タトゥーの一部はギャングに関連したものではないかと思われるのですが」

マーニーは写真の上にかがみこんだ。ひととおり見たあと、写真をおおよそ人の形に並べ替えた。胴体、両腕、両脚。どの部位にも黒インクで彫った素人くさいタトゥーが無秩序に並んでいる——記号やシンボル、数字、ドクロ。

「この人も殺されたの?」マーニーが訊いた。

フランシスはうなずいた。「首を切断されていました」

マーニー・マリンズはもう一度タトゥーの写真をひととおり凝視したあと、一枚を指さした。

「いくつか要注意のタトゥーがある」少し前までの緊張した様子は消えていた。

「ギャングの一員だったことはまず間違いありませんからね」ローリーは言った。「麻薬取引のトラブルから殺されたのではないかと思いますよ。指紋を照合すれば、この落書きからわかる以上の情報が出てくるでしょう」

フランシスはローリーをひとにらみしたあと、マーニーに向き直って次の質問をした。

「ミズ・マリンズ、このなかに、捜査班が知っておいたほうがよさそうな特別な意味を持ったタトゥーはありますか」

マーニーは少し前に選び出したのと同じ一枚を指さした。

「これかな。典型的なギャングのシンボル」

それは尖った先端が五つある王冠のタトゥーだった。

「やっぱり」ローリーは言った。

マーニーがさっとローリーのほうを振り返った。「これ、どこの組織のものか知ってるの？」

「ギャングはどれも一緒でしょう――ブライトンにはそもそも犯罪組織なんか数えるほどしかないし」

マーニーはため息をついた。「これはブライトン周辺の刑務所で入れたタトゥーじゃない。この王冠はラテンキングスのシンボルマークなの。シカゴに拠点のある犯罪組織。五つの先端は、ピープル・ネーションに加盟してることを表してる。わたしが知るかぎりでは、どっちの組織もブライトンに支部を置いてない。それに、このタトゥーは電気式のタトゥーマシンで彫ったもの。刑務所のタトゥーは、先を尖らせたボールペンと靴墨を使って入れるの」

フランシス・サリヴァンは薄ら笑いを嚙み殺している。まったくいけ好かない野郎だとローリーは思った。

「このあたりのものは、自家製タトゥー」マーニーはお粗末な出来のタトゥーをいくつか指さした。「だからといって、刑務所で入れたとはかぎらない。丸い点《ドット》に、数字の14――どれもアメリカの犯罪組織のシンボル。ドットが三つなら〝ミ・ビダ・ロカ〟――〝わたしのクレイジーな人生〟って意味。ドットが五つなら服役経験があるってこと。四つが独房の四隅を、なかの一つがそこにいる服役囚を表してるの。数字の14は、カリフォルニア北部のヌエストラ・ファミリアの一員であることを示してる」マーニーは顔を上げてフランシスのほうを見た。「この人はたぶん、相当に支離滅裂なギャングかぶれね。正式なメンバーじゃないことだけは確かだと思う。わたしがギャングのメンバーじゃないのと同じ」マーニーはここでローリーに視線を向けた。「つまり、ギャングがらみの殺人事件だと考えてるなら、巡査部長、それは完全に的はずれってこと」

なんだよ、専門家気取りか――ローリーは声には出さずに毒づいた。

「じゃあ、これはどうです？」フランシスは、被害者の右のふくらはぎの外側にある、牙をむいてうなるオオカミのタトゥーを指さした。

マーニーは輪郭を指でたどりながら、しばらくそのタトゥーを見つめた。

「これはすごく完成度が高い。けっこうお金がかかったんじゃないかな。刑務所やギャングとは何の関連もない。それに、入れたばかりに見える。タトゥーを選ぶセンスがよくなってきてるみたい。あ、きてたか」

フランシスが訊いた。「手彫りとマシン彫りの区別はどこで？」

「刑務所や家庭でアマチュアが入れたタトゥーは一目でわかるの」マーニーが答える。「線が太いし、全体に稚拙だから。輪郭がぼやけてることも多いかな。たとえばこれ、この二つの違いを比べてみて」マーニーは被害者の胴体にある王冠のタトゥーと、左手の関節に一文字ずつ彫りこまれた〝ＨＡＴＥ〟の文字を指さした。「刑務所のタトゥーはかならず黒一色なの。カラーインクが手に入らないから」

ローリーは無関心を装った。フランシスが険悪な視線をよこす。

「知っておいて損のない知識ですよ、巡査部長」フランシスが言う。「タトゥーが重要な要因と思われる事件が続いているんですから」

「おっしゃるとおりです、ボス」ローリーは歯を食いしばったまま応じた。

「来てくださってありがとうございました」フランシスが言った。「教えていただいた情報はきっと捜査に役立つと思います」

それはどうかなとローリーは思った。筋が通っているように見えた仮説が一つ、打ち砕かれただけで、具体的に何か判明したわけではない。

マーニーは、写真を集めるフランシスを見つめていた。

「さよなら、ミセス・マリンズ」フランシスはマーニーを出口に案内した。

「マーニーって呼んで」マーニーが言った。「〝ミセス〟じゃなくなってもう十年以上たつし」

「わかりました。では、今後はマーニーと」フランシスが応じた。

やれやれ、よそでやってくれって。それにしても、あいつが赤面したときのあの頬のピンク色、ちょっとばかりかわいいな。それからローリーは、写真を捜査本部のボードに一枚ずつピンで留めていった。

15 フランシス

フランシスはマーニーの後ろ姿から目を離さないようにした。マーニーは人のあいだをひょいひょいと縫って混雑した歩道を先に歩いていく。急に降り出した雨から逃れようと、大勢が急ぎ足で行き交っていて、二人並んでは歩けない。マーニーは別のタトゥー・アーティストのところにフランシスを案内しようとしていた。マーニーの師で、タトゥーの歴史にも詳しいイシカワ・イワオという名の人物だ。イシカワなら、エヴァン・アームストロングの肩のタトゥーについてもう少し詳しく知っているかもしれない。その男性の話が参考になるかわからないが、フランシスの知恵は尽きていた。せっかくの昼休みはブラッドショーにあれこれ指図されただけで終わってしまい、フランシスは警部のたばこ臭い息から逃れる口実を探す必要に迫られた。そこで自分のオフィスに戻るなりマーニーに電話をかけ、またもや協力を要請した。

「ここ」マーニーが肩越しに振り向いて言った。

雨降りの歩道から建物の戸口に入る。すぐ奥に階段があった。壁も天井も黒塗りで、カーペットは新品のころどんな色だったかまるで見当がつかないほど古びてすり切れていた。マーニーの後ろから階段を上った。半階分ほど上ったところにとってつけたように踊り場がある。黒いミニドレスを着た痩せっぽちの若い女が、隅に体を押しこめるようにして二人に道を譲った。

「ポリ公」すれ違いざま、女がフランシスの耳もとでささやいた。

いったいどうしてわかる？　いつも一目でばれるのはなぜだろう。特有のにおいでもあるのか？　それともスーツのシルエットのせい？　目つきに警察の人間とわかるような特徴があるとか？

「きみを捕まえにきたわけじゃないよ、お嬢さん」フランシスは階段を下りていく女に向かってつぶやいた。

マーニーがいぶかしげな顔で振り返った。フランシスは素知らぬ顔で眉を吊り上げた。階段を上りきったところに細い廊下が延びていて、両側にドアが並んでいた。空気はもやがかかったように白っぽく濁り、お香とパチョリのにおいをさせていた。天井に一つだけあるライトに赤い電球がついている。音楽が流れていた。ドアのどれかの奥で、女が細く甲高い声で東洋風の歌を歌っていた。ここは何だ？　売春宿か、それともアヘン窟か？　黄金色の煙の渦に巻かれたシャーロック・ホームズが目に浮かぶ。

マーニーはドアの一つをノックした。応答を待たずになかに入り、フランシスを手招きした。なかはどうなっているのだろう——薄暗くおどろおどろしい恐怖の間を想像した。しかし、予想外の光景が目に飛びこんできた。白で統一された清潔そのものの広いスタジオだ。自然光がたっぷりと降り注いでいた。奥の壁は一面がガラス窓になっていて、無秩序に連なる荒れた裏庭を見下ろしていた。対照的に、スタジオは洗練されてモダンな雰囲気だ。タトゥー施術用の椅子や台は、どれもスチールとレザーと木でできていて、いかにも金がかかっていそうだった。道具類や照明器具は、富裕層相手の病院を連想させた。

しかし、フランシスの注意を独占したのは、それではなかった。優雅なレザーの施術用椅子の一つに何かが座り、敵意に満ちた緑色の目でフランシスをにらみつけている。ぱっと見た瞬間、異様に痩せ衰えて痣だらけになった裸の赤ん坊かと思って、背筋を恐怖が駆け抜けた。だが、その生き物は猫だった。体毛がなく、骨の一本一本が浮き出るほど痩せている。何より衝撃だったのは、目をこらしてよくよく見ると、痣だと思ったものがタトゥーだったことだ。猫の背中、首、胸、脚に日本の漢字が深い藍色のインクで刻みつけられている。猫が牙をむいてしゃあと威嚇した。

フランシスは説明を求めるような目をマーニーに向けた。それから、猫のほうに手を差し出した。その瞬間、猫が後ろ脚で立ち上がり、前足の片方でフランシスの手を叩いた。親指の横にひっかき傷がくっきりとついた。

「こいつ――」

　そのとき背後でドアが開く気配がして、フランシスは言葉をのみこんだ。血がにじみ始めた親指をしゃぶりながら振り返ると、華奢《きゃしゃ》な体格をした日本人男性がスタジオに入ってくるところだった。紺色の麻の着物を着ている。五分刈りの髪は真っ白だが、顔に皺は一本もなく、外見からは年齢不詳だ。来客を歓迎していないことは表情を見ればわかる。

　男性はマーニーに気づいて軽くうなずいたものの、フランシスを見るなり、眉間に寄った皺がいっそう深くなった。男性は腰を折って深々とお辞儀をした。マーニーもお辞儀を返し、人差し指をさっと振って、同じようにするようフランシスを促した。

「コンニチハ」男性が言った。甲高く歯切れのよい声だった。

「コンニチハ、センセイ」マーニーが応じる。

　お辞儀をしていた男性が背筋を伸ばし、顔の向きを変えてフランシスを見た。

「コンニチハ」そう言ってまたお辞儀をする。

　フランシスもお辞儀をしたが、何と言えばよいものかわからなかった。

　二人とも体を起こしたところで、男性はマーニーに向き直り、日本語で何か言った。フランシスの耳には怒っているように聞こえたが、何を言ったにせよ、マーニーは顔を曇らせた。

「はい、部外者を連れてきてしまいました」マーニーは英語で答えた。「許して。ぜひ教えていただきたいことがあって」

「一年も顔を見せなかったのに、何か用ができるとこうして来るわけですね」

本気で怒っているのか、冗談で言っているのか、フランシスにはわからなかった。

「ごめんなさい、イワオ」マーニーはまた軽くお辞儀をした。「わかってるの――もっと顔を見せに来なくちゃいけないって」

「そうですよ。きみはわたしのお気に入りのキャンバスなのだし、何も描いていない皮膚がまだ残っているではないですか。それに、学ぶこともまだまだたくさんある」男性はここで表情をゆるめて微笑んだ。「ティエリーは元気ですか」

マーニーも笑みを浮かべた。「ええ、元気です。いまごろきっと次の傑作を描いてるところです」

「会いに来るよう伝えてください。友人を顧みないという点で、二人とも同じくらいよくないな。さて、きみはお客さんを連れてきた。紹介してもらえるかな」

神妙な顔で、マーニーはフランシスのほうを見た。「イワオ、こちらはフランシス・サリヴァンです」ここからまた日本語に切り替えて、二人は早口で何かやりとりした。やがて二人とも黙りこみ、イシカワ・イワオはフランシスを見た。猫がまたしゃあと威嚇し、椅子から飛び降りると、イワオが現れたドアの向こうへと逃げるように消えた。

「警察の人？」イワオが尋ねる。

フランシスはうなずいた。

「帰ってくれ」

マーニーが進み出てイワオの腕にそっと手を置いた。「お願い、イワオ。大事な話だから聞いて」

イワオはマーニーの手を振り払った。「縁起が悪い。お帰りください」

フランシスはマーニーを見た。途方に暮れたような顔をしている。そこでフランシスはイワオに視線を戻した。「ミスター・イシカワ、タトゥーに関するあなたの知識をぜひお借りしたいんです。殺人事件の捜査のために。ほんの数枚だけ写真を見ていただいたら帰りますから」

イワオは顔をしかめた。マーニーに日本語で何かささやく。マーニーはゆっくりとうなずいたが、頬が真っ赤に染まっていた。

「よろしい、写真とやらを見せてください」イワオが言った。

フランシスは革のブリーフケースを開けてエヴァン・アームストロングの肩の写真を取り出した。

「このタトゥーを彫ったアーティストを特定できればと思っています」

イワオは写真を受け取り、部屋の奥の整理整頓が完璧に行き届いた作業台に持っていった。デスクランプのまぶしい光に写真をかざし、舌打ちに似た音を口のなかで立てながら、拡大鏡を使って仔細に見た。

フランシスは写真で埋め尽くされた壁を見回した。思ったとおり、すべて日本の刺青の写真だった。素人目に見ても、どれも芸術的な出来だとわかる。

「ここにあるのは、全部イワオの？」フランシスは低い声でマーニーに訊いた。

マーニーがうなずく。「わたしの背中に入ってるのもそう」

「誰の作品かわかりましたよ」イワオが言った。

写真を作業台に置き、そばの書棚から展覧会の図録を引き出し、目当てのページを探してめくっていく。

フランシスは固唾をのんで待った。マーニーを横目でうかがうと、同じように息を殺しているのがわかった。

「ああ、これだ」イワオは図録を写真の横に置き、ページを押さえてフランシスとマーニーにも見えるようにした。「この二つはとても似通っていますね。間違いなく同じアーティストの作品でしょう。ここを見て。三角形がいくつかあります。どれも同じ方向に少しだけ歪んでいるでしょう。線の太さも同じです。大きさも似ているし、複雑さも同じレベルだ……」

フランシスは顔を近づけてよく見た。なるほど、イワオの言うとおり細部までよく似ている。

「それで?」マーニーが促す。

「ジョナ・メイソンのものでしょうね。わたしが主催した展覧会に彼の作品を展示しました――彼にとってはたいへんな名誉です。しかし傑出したアーティストですから」

「ジョナかなとわたしも思ってた」マーニーが言った。「でも、断言するまではいかなくて。あなたも同じ意見かどうか確かめたかったの」

「いまも現役のアーティストですか」フランシスは尋ねた。

イワオは肩をすくめた。「この十五年、ずっとカリフォルニアに住んでいます。わたしが会ったのもそこでした。ええ、いまも元気に仕事に励んでいますよ」

図録を閉じてもとの棚に戻す。その拍子に着物の袖が肘まですべり落ちて、前腕に入った黒っぽい精緻な刺青がちらりと見えた。

「男性の遺体からこのタトゥーが切り取られていたと言いましたね?」イワオはマーニーに向き直った。

「そんなことをする理由、何か思いつく？」

イワオは深く息を吸いこみ、少しためておいてから、ゆっくりと吐き出した。ほっそりとした指で顎先をなでている。

「日本ではそういうことがあります」イワオは言った。「しかし、やり方は違います。イレズミのある人物、たいがいはいわゆるヤクザですが……」

「イレズミ？」フランシスは尋ねた。

「全身に入れる柄の大きな彫り物のことです。ヤクザが死んだとき、遺言に従って刺青を体から剝がし、保存することがあります。横浜の文身歴史資料館にいくつか展示されています。たしか東京大学にもコレクションがあるはずです」

「でも、タトゥー目的で殺されるわけではないんですね？」

イワオはうなずいた。「そういう例は聞いたことがありません──日本でも、ほかの国でも。さて、そろそろ帰っていただけますか」

くるりと向きを変えると、イワオはさよならの一言もなく部屋を出ていった。フランシスとマーニーは真っ黒な階段を下りて通りに出た。建物のドアが閉まるなり、フランシスはマーニーに尋ねた。

「さっき彼から何を言われたんですか。ほら、ぼくが写真を見てほしいって頼んだとき」

マーニーは目をそらした。またしても頬が赤くなっていた。

「何でもない。昔のことをちょっと……ね」

それだけでは何が何だかさっぱりわからなかったが、マーニーの態度を見ると、それ以上追及する気にはなれなかった。二人は無言で歩き続けた。

ポケットのなかでフランシスの携帯電話が震えた。確かめると、ローリーからのショートメッセージだった。

〈マーニー・マリンズが刑務所のタトゥーに詳しいのはなぜか――服役したことがあるから〉

Ⅵ

　これまでたくさんのタトゥーを集めてきた。どれも革に仕立てた――つまり、保存加工している。どれも別々の人間から取ったタトゥーで――持ち主たちは、言うまでもなく、すでに死んでいる――それぞれなめし過程の異なる段階にある。皮の保存加工を始めてもう何年もたつ。もちろん、人間の皮の話ではない。人間の皮を手がけるようになったのはつい最近だ。しかし、動物の皮なら長年扱ってきた。こう言っても信じられないかもしれないが、加工のプロセスはどちらも変わらない。人間の皮も動物のそれと何も変わらないし、加工してできあがる革は、ほかのどんなものにも劣らずにしなやかだ。

　たとえば、小僧の頭皮はいま、毛髪のケラチンを分解し、脂肪を溶かすために、石灰溶液に漬けてある。臭いが、どうしても欠かせない工程の一つだ。頭皮を石灰漬けにしているあいだに、別の皮の処理を続行する。なまった刃を使い、肩から手首まで覆った優美なスリーブ・タトゥーから、体毛や腐りかけの肉を取り除く。持ち主だった女の記憶が蘇る。わたしの最初の獲物だ。わたしは極限まで緊張していたが、いざ皮膚に切れ目を入れて剝がす作業に取りかかったとたん、たちまち自信がみなぎった。思いやり深い女だった――殺す前に言葉を交わした――自分の身に何が起きようとしているかを悟ってからも潔かった。瞳に恐怖がよぎり、汗のにおいが立ち上ったのは、息絶える瞬間だけだった。

皮を扱っているときが、わたしにとって何より幸福な時間だ。そのことを自覚したのは、ロン・ドーハティの下で修業しているときだった。ロンはわたしが特別な才能に恵まれていることを見抜いた。わたしが師事していた当時、ロンはおそらく国内でもっとも優れた剝製師だったが、わたしの腕が上がるにつれ、そのバトンを進んで受け渡した。しかしそれ以上に重要なことは、わたしたちは相棒同士だったこと、わたしにとってロンは父親代わりだったことだ。

実父が途中で放り出したわたしの訓練をロンが引き継いだ。数え切れないほどの意味で、ロンは実父よりよほど父親らしかった。期待に応えられないからという理由でパパに巣から蹴落とされたわたしを、ロンは拾い、傷を癒やした。ばらばらになった破片を残らず集めてくれた。十年をかけて破片を元どおりに縫い合わせ、わたしの天職を教えてくれた。

ロンは住むところと仕事、そしてそれ以上のものを与えてくれた。わたしは彼のアトリエに通い、彼のために仕事をした。

最初の課題はラットやネズミだった。生きたラットは簡単に手に入る――ヘビの餌として、あるいは実験用に販売されている――から、材料に事欠くことはなかった。値段も安く、わたしはめったにミスをしなかったが、たまにヘマをしても大した損害にならずにすんだ。剥皮、保存加工、剥製化の基本的スキルがひととおり身につくと、ロンは次に、小鳥やリス、ハムスター、のちには子猫でさらに腕を磨かせた。それもマスターすると、もっと大きな動物を扱うことを許された。動物がどこから来たものか、知りたがる客はほとんどいなかった。注文のほとんどは、死んだペットやポニー、賞を獲ったりした大事な家畜を剥製にする仕事だった。群像《タブロー》の制作を頼まれることもあった。客の好きな本や映画の一場面を、死んだネズミや小鳥で再現するのだ。わたしのお気に入りは、ラットのドン・キホーテがハリネズミに乗って風車に戦いを挑むタブローだった。依頼主はブリックハムの老婦人で、子供のころに似た作品を見たことがあるのだと話していた。

ロンは数年前に死んだ。彼がもういないなんて残念だ。わたしは彼の皮を保存してなめした。それが人間の皮を加工した初めての経験になった。ロンの皮膚のごく一部をいまもつねに身につけている。ポケットに忍ばせたり、服の内側にピンで留めたりして。ときどきそれを手で触って確かめると、彼といまも一緒にいるような気持ちになる。わたしたちが離ればなれになることは永遠にない。
ロンは最高の剝製師だった。だから、消えてもらわなくてはならなかった。
コレクターに言わせると、いま最高の称号にふさわしいのは、このわたしだ。

16 フランシス

フランシス・サリヴァンは、信じがたい思いでパソコン画面を凝視し、小さな声で誰にともなく悪態をついた。検索結果はゼロ。サセックス州警察のデータベースを調べても、マーニー・マリンズのデータは一件も出てこなかった。もしかしたら別の名前で登録されているのかもしれない。たとえば旧姓とか。しかしもしそうだとすると、ローリーはどうやってマーニーに服役経験があることを突き止めたのか。さっきローリーに尋ねたが、風の噂でとかなんとか、曖昧にごまかされた。マーニーは何の罪を犯したのだろう。万引き？　ティエリーと同じで、少額の麻薬取引か。ティエリーに逮捕歴はないが、警告は何度か出されていた。ほかには……窃盗罪とか？　女にも腕のよい窃盗犯はいる。検索範囲を広げて、全国版のデータベースも調べてみる必要がありそうだ。

一方で、検索してはならないこともわかっていた。エヴァン・アームストロング殺害事件の容疑者としてマーニーを見たことは一度もないし、エヴァンの事件と桟橋の下で見つかった死体の事件とを結びつける確たる根拠は一つもない。たしかに、被害者はいずれも体に複数のタトゥーを入れていたという共通点はあるが、フランシスが見るかぎり、いまこの国で生きて暮らしている若い男性の半数くらいは同じようにタトゥーを入れている。それに犯行の手口は二つの事件でまったく異なっていた。不純な動機からマーニー・マリンズの経歴を洗うことは、職業柄、許されない。その件は恥知らずな副官にまかせるのがいいだろうし、ローリーなら放っておいても調べることだろう。マーニーに服役経験があるという情報をどこから手に入れたのか、正面切って問いただす勇気はフランシスにはない。

メールの着信音が鳴って、フランシスは捜査中の事件に意識を戻した。アンジェラ・バートンから、はるかに正当な理由があって行われた検索結果を報告するメールが届いていた。ＳＣＡＳ——重犯罪分析課——に問い合わせ、被害者の皮膚を剝いだりタトゥーを切り取ったりする暴力事件がほかに起きていないか調べさせていた。コーヒーを飲みながら画面をスクロールし、メールにざっと目を走らせて役に立ちそうな情報を探した。

これといって有望な情報はなかった。さまざまな殺人事件の被害者が並んでいる——強盗、パブでの喧嘩、家庭内暴力。タトゥーを入れていたことは共通しているが、大部分はすでに解決した事件で、しかもタトゥーを主たる動機としてＳＣＡＳがフラグ立てしたものは一件もなかった。データベースから抽出したリストには、おぞましい致命傷が並んでいたが、皮を剝がれた被害者は一人もいなかった。ほとんどは刃物による刺傷か鈍器による外傷だ。腕を切り落とされた女性が一人、列車の前に突き落とされた被害者が一人、銃撃された被害者が二人。ある男性はタトゥーマシンを首に突き立てられ、頸動脈を損傷したものの、命は助かっていた。

データの部分をスクロールして、アンジーの分析報告に目を通した。

『……エヴァン・アームストロング殺害事件との明白な結びつきは見つかりません。引き続きより詳しい分析を行えば、何らかの関連が見つかる可能性はあります。しかし、詳しく分析するには捜査班からそれなりの人員を割く必要があり……』

つまり、アンジー自身はやりたくないということだ。気持ちは理解できる――データ分析は警察の仕事の大きな割合を占めるようになってきているとはいえ、刑事の大部分はそれをやりたくて警察を志望したわけではない。デスクに張りつくためではなく、現場に出て事件捜査をするために刑事になったのだ。とはいえ、何か見つかる可能性があるのなら、初めて指揮を執る捜査でその可能性をあえて見過ごすわけにはいかない。

フランシスは電話を取った。

「ホリンズ。ちょっと来てもらえるか」

二分後、ホリンズがオフィスの入口に顔を出した。

「話は少しだけ後回しにしてもらえませんかね、ボス？　今日はアンジーの誕生日だそうで、ちょうどいまケーキを配ろうとしてるところなんですよ」

ああ、それはいいね。皮剥ぎナイフを持った殺人鬼が街をうろうろしているようだが、まあ、みんなで捜査をいったん中断して、ケーキでも食べて祝うとしよう……。

「もちろんかまわないさ」フランシスはデスクを離れ、ホリンズと一緒に捜査本部に向かった。「パーティの主役はどこだ？」

十分後、〝ハッピーバースデー〟の合唱に加わり、向こうが透けて見えそうに薄いヴィクトリアスポンジを食べたあと、オフィスに戻ろうとしたところにアンジーが来て、冗談めかして誕生日のキスをせがんだ。頬に軽くキスをしただけで、フランシスの頬は燃えるように熱くなった。今度こそオフィスに戻ろうとして、三切れ目のケーキをもらおうとしていたカイル・ホリンズをつかまえた。ホリンズのスラックスの腹回りに贅肉がはみ出しかけているのも不思議はない。

「ホリンズ。来てくれ」

ローリーが一緒にオフィスについてきた。唇についたイチゴジャムをまだなめている。

「ボス？　ちょっといいかな」口からケーキのかすを飛ばしながら言った。

フランシスは顔をしかめた。「ほんの一分だけ待ってくれ」

ホリンズに向き直る。「アームストロング殺害事件と共通する事件を検索したＳＣＡＳ

の分析結果をメールで送っておいた。それを隅から隅まで点検してくれないか。見逃されている点がないかチェックしてほしい。とくに皮膚を削り取ったとか、切り取ったとかいう要素のある事件だ。地図とも突き合わせて、容疑者や参考人をメモしてくれ。今日中に関連のありそうな事件をすべて洗い出してもらいたい」

「しかし……」

「反論は受け付けない。さっさと取りかかれ」

ホリンズはむっつり顔で出ていった。

ローリーは面白がっているような表情でホリンズを見送った。「ブラッドショーから別の仕事を頼まれてるって言おうとしたんだろうよ。死ぬ気で今日中に終わらせろって厳命されてるらしい」

フランシスは片方の眉を吊り上げた。

警部はフランシスを飛び越えて捜査班に直接指示を出しているということか？

「仕事とはそういうものです。それはそうと、ブラッドショーはどこです？　今日、見かけましたか」

「水曜日だからな。署長とゴルフだろう。いまごろせっせとゴマすり中だ」

「そうか、そうでした。で、話というのは？」

ローリーはデスクの手前の空いた椅子に腰を下ろした。

「まず、『アーガス』のトム・フィッツが受付に陣取って、あんたにインタビューするまで帰らないって頑張ってる」

フランシスはため息をついた。あの男はあきらめるということを知らないのか？

「受付の当番に追い返せと伝えてください。ほかには？」

「首なし死体の身元が割れた。おれの思ったとおりだったよ——データベースに指紋が登録されてた」

「で？」

「おれが思ったとおりのギャングではなかった」さりげなく自分の非を認めるだけの良識はあるらしい。「自動車の使用窃盗罪が一件だけ。ジェム・ウォルシュって小物だ。ブライトン育ち、タトゥー・アーティストの見習い。麻薬戦争に関係してる可能性は低そうだな」

「殺害までの経緯を知る手がかりは？」

ローリーは一瞬口ごもってから答えた。「頭にタトゥーを入れてたみたいで……」

フランシスの胃袋が跳ねた。「……その頭を持ち去られた」

「おれも同じことを考えた」

「もしかしたら――ひょっとしたら――二つの事件はやはり関連しているのかもしれない」デスク越しに二人の視線がぶつかった。もっと徹底的な捜査を行ってからでないと結論は出せないが、それでもフランシスの心臓は早鐘を打ち始めていた。「どんなタトゥーだったか、もう判明していますか」

「頭全体を覆うサイズのクモの巣。あと、名前らしきもの。ベル――何とか。ベリアル、だったかな」

「悪魔の名前だ。どうしてわかったんですか」

「両親から写真をもらったんだ」

二人はデスクをはさんで身じろぎもせずに黙りこんだ。長い三十秒が過ぎたころ、二人同時に口を開いた。

「どうぞ」フランシスは譲った。首の付け根が激しく脈打っていた。急に寒気を感じた。

「そういうことだと思うか……?」ローリーが目を見開く。

五秒の沈黙。どちらもその一言を口にしたくなかった。

ついにフランシスは覚悟を決めて言った。

「あと一件、似たような事件が起きたら、連続殺人犯のしわざということになるでしょう」

17 ローリー

確信はもてなかった。これまでに判明している事実を一時間ほどかけて徹底的に検討し、互いが思いつく仮説を容赦なく叩き潰していった。連続殺人事件は世間の大好物ではあるが、現実にはめったに起きるものではなく、一足飛びにそれと決めつけるわけにはいかない。

「首が見つかる可能性もまだある」ローリーは言った。「殺人事件が二つ、別々の手口、別々の死因。被害者同士の共通点はいまのところない」

「それはまだわかりませんよ、調べていないわけだから。ウォルシュの身元が判明したばかりです」フランシスが言う。「殺人犯が二人いて、同じ週に同じ地域で別々に事件を起こす確率はどのくらいでしょうね」

「連続殺人犯なら、最初のうちはふつう、もう少しゆっくりしたペースで事件を起こす。今回の二件は立て続けに起きた」

「たしかに」フランシスは少し考えたあと、デスクの抽斗を開けた。「エヴァン・アームストロングのタトゥーとジェム・ウォルシュの頭部を犯行の記念品として持ち去ったという可能性は？」

フランシスはデスクの上のメモ用紙を見つめて何か考えこんだ。ローリーは向かい側の椅子に座ったまま、黒い無地の電子たばこをポケットから取り出した。一服したとき唇が吸いつくような音を立て、それがフランシスを白昼夢から引き戻した。

「それはしまってください、巡査部長。電子であろうが、本部内は禁煙です。知っているくせに」

ローリーは蒸気を吐き出し、顔をしかめながらもプラスチックの電子たばこをスラックスのポケットに戻した。融通の利かない杓子定規《しゃくしじょうぎ》な人物を上司に持ちたくないものだが、新しいボスは間違いなくそういう頭の固い男のようだ。フランシス・サリヴァン警部補に協調性など期待できそうにない。

「連続殺人事件と断定するのはまだ早い。二つの事件が関連していると断定するにも早すぎます」

これもまた杓子定規な判断だ。二つが関連していることはもうわかりきっているのに。

「連続殺人事件ではないという前提で進めるのは、単なる時間の無駄じゃないかな。連続犯の捜査の経験はあるんだっけか、ボス？」

「そんなことはいま関係ないでしょう」フランシスは嚙みつくように言った。「とにかくできるところまで捜査を進めるしかありませんよ。同一犯による殺人だという確証が得られるまでは、別々の事件だという前提で」

「つまり、次の死体が見つかるまで、か」ローリーは言った。

「警邏課にも話をしておいてください。殺人犯が一人――ひょっとしたら二人――うろついているようだと。街を巡回する人数を増やしたほうがいい。二件とも街のど真ん中で起きたわけだから……」

フランシスの携帯電話がやかましい音を鳴らし、会話は中断した。

「ブラッドショーからだ」フランシスは小さな声でローリーにそう伝えてから、電話に出た。

「はい、もしもし?」厳しい顔で何度かうなずく。「すぐ行きます」

電話を切って立ち上がる。

「オフィスに来て、進捗を報告せよとのお達しです」

「報告するような進捗はないがな」ローリーはフランシスと一緒にオフィスを出た。

「ええ、それが問題です」

「いま話した仮説を伝えるつもりか?」

「連続殺人事件だって話ですか。いや、もっと情報が集まってからにします。そんな話を聞かせたら、いきなり立って手に負えなくなるのは目に見えてますから」

たしかに、それは言えている。

ブラッドショーのオフィスは一つ上の階にある。たったワンフロアの違いだが、天と地ほどの差だ。カーペットには染み一つなく、肘掛け椅子一脚に書棚一本、ファイルキャビネット二本を置くだけのスペースのゆとりがあって、その分だけで、おそらくフランシスの靴箱みたいなせせまいオフィスより広いだろう。

フランシスはドアをノックし、応答を待たずになかに入った。ローリーも続いて入り、二人はデスクの前に立ってブラッドショーが電話を終えるのを待った。デスクには書類一枚ないが、代わりに写真立てが並んでいる。笑顔の子供たちが写った意欲を後押しする写真ではなく、あちこちのゴルフ場で撮った警部自身の写真が収められていた。ローリーはフランシスの真横に並ぶのではなく、わずかに斜め後ろの位置に立った。これから始まるやりとりはなかなかの見物になりそうだ。

「座れ」ブラッドショーが居丈高に命じた。顔が赤い。ゴルフコースで寒風に吹かれたせいだろう。いやそれより、プレー後にバーに立ち寄ったせいかもしれない。椅子に腰を下ろすローリーとフランシスに、急かすような視線を交互に向けていた。

「警部……」フランシスが口を開いた。

「アームストロング殺害事件。まだ容疑者を逮捕していないのか」

「はい、警部」

「容疑者は挙がっているんだろうな」

「いいえ、警部」

「マリンズはどうなんだ？　最有力の容疑者ではなかったのか」

「アリバイがありました」ローリーは答えた。「裏も取れています」

「事件発生から四日もたつのに、捜査は一歩も前進していない。要するにそういうことか」

「いえ、そうとも言いきれません」フランシスが言った。

ブラッドショーの表情が怒りに歪んだ。

「ほほう。さっそく報告を聞こうではないか」

フランシス・サリヴァンが警部補に抜擢されたことを妬ましいと思わない瞬間が、ごくたまに訪れる。ブラッドショーに報告するときは、間違いなくそういう瞬間の一つだ。

「被害者二名の身元が判明しました」

「二件目は誰だった？　同一犯を指し示す共通点はあるのか？」

「それをいま調べているところです」

ブラッドショーはため息をついた。「調べてはいるが、確実なことはまだないということか」

「ついさっき指紋の照合結果が出たばかりですから」ローリーは言った。

「前科があるんだろう？」ブラッドショーが訊く。「既知の犯罪仲間の事情聴取はとっくに開始している。そうだろうな？」

「四年前に自動車の使用窃盗が一件あるだけでした」フランシスが言った。「既知の犯罪仲間はいません。この四年、警察との関わりは一度もありませんでした」

「よしてくれ、何の進歩もないということか。殺人犯が一人、もしかしたら二人、野放しになっているというのに、何の手がかりもないとは」

「いや、警部、サリヴァン警部補には考えがあるようです」ローリーは言った。

フランシスの頰がぴくりと動いた。仮説の件を持ち出してはいけなかったのだ。

「話してみろ、サリヴァン」

「考えというほどのものでは。単なる憶測です。お話しできる段階ではありません」

デスクの奥からブラッドショーが刺すような視線を向けた。フランシスの頰が赤く染まった。

「ローリーとちょっと話していただけのことです。しっかりした仮説などではなく」

フランシスはそう言って膝に目を落とした。はぐらかそうという戦略だ。だが、このまま逃げきるのは無理だろう。次に顔を上げたとき、フランシスはブラッドショーの視線を真正面から受け止めた。それを見て、ローリーは感心した。

「エヴァン・アームストロングの死体からタトゥーが切り取られていました。皮膚を剝いで——」フランシスはそう切り出した。

「そのことは知っている。さっさと要点を話せ」

「二番目の被害者、ジェム・ウォルシュは頭皮にタトゥーを入れていました。頭全体を覆う大きさのタトゥーです。頭部はまだ発見されていませんが、これでタトゥーが二つ持ち去られたことになり、犯人は、仮に同一犯であると考えるなら、記念品を集めているのではないかと思われます」

ブラッドショーはデスクに両肘をつき、両手の指先を合わせると、目を閉じた。祈りを捧げているか、瞑想でもしているように見えた。

「違うな」ブラッドショーは目をつむったままひとことだけ言った。

「はい？」フランシスが訊き返す。

ブラッドショーはぱっと目を開けた。

「そんな馬鹿げた話があるわけないだろう、サリヴァン。連続殺人犯が記念品を集めているだと？　わたしにはそもそも同一犯だとは思えんね。そんな妄想じみた仮説に、時間と予算を浪費するんじゃない」ブラッドショーは立ち上がってフランシスをにらみ下ろした。「わからんのか？　被害者は二人とも何らかの犯罪に関わっていた。その線から捜査を進めれば、保証してもいい、答えはかならず見つかるだろう」

「安易に結論を急がず、あらゆる可能性を探っているところです」フランシスが言った。

「おまえの問題はそれだな。要領が悪くて、ピントがずれている。被害者二人の犯罪仲間を捜し出して取り調べろ。それで殺された理由がわかるだろう。動機さえわかれば、あとは簡単だ」

「了解しました、警部」

「もっと経験豊かな人間をおまえの代わりに据えなくてはという気にさせないでくれよ、サリヴァン。おまえとわたし両方の失点になる。おまえはどうか知らんが、わたしは失敗を許さない」

「ぼくもです、警部」フランシスは静かに言って立ち上がった。

「犯人はかならず捕まえてみせますよ、警部」ローリーは言った。「一人だろうと、二人だろうとね」

18　フランシス

　姉のフラットに入って最初に気づいたことは、玄関の鏡にうっすらと埃がついていることだった。罪悪感に襲われた。ロビンのフラットはいつも清潔そのものだ。つまり鏡の埃が意味することはたった一つ——再発だ。フランシスは何週間も姉の様子を見に来ていなかった。

「フランシス、あなたなの？　わたしならリビングルームよ」

　フランシスはリビングルームに進んだ。思ったとおりだった。姉はお気に入りの肘掛け椅子に座り、毛布を膝にかけている。だが、椅子の背に松葉杖がもたせかけてあった。五歳上の姉は勉強ができ、弟の目から見ても美人だ。ロビンはフランシスのお手本で、母のリディアよりよほど尊敬している女性だった。しかし今日のロビンは、やつれて小さく縮んでしまったかのようで、唇を固く結んでいた。

「ロビン、具合がよくないなら連絡してくれればよかったのに、馬鹿だな」

　フランシスはかがんでロビンの頬にキスをした。痩せたロビンの体にはぶかぶかの服から、病のにおいが漂った。

「何のために？」ロビンが言った。「お茶に誘って同情してもらうため？　そんなのこっちがお断り」

「お茶と聞いて、急に飲みたくなった」

フランシスはロビンの前のコーヒーテーブルにあった食事のトレーを下げ、やかんで湯を沸かすあいだにキッチンを片づけた。

「ママには会った？」フランシスがリビングルームに戻ると、ロビンが訊いた。

フランシスは首を振った。

ロビンがため息をつく。「だめよ、フランシス。わたしのことは放っておいてかまわない――気にかけてくれるお友達がたくさんいるから。だけどママは違う。会いに来るのはあなた一人しかいないのよ」

ロビンから叱られるのは平気だ。叱られて当然でもある。

「仕事が忙しくて」フランシスは二人分の紅茶を注いだ。

「そんなの言い訳にならない」ロビンは言った。

ロビンは身を乗り出して皿からビスケットを一つ取ろうとしたが、なかなかうまくつかめずにいた。多発性硬化症が再発すると、筋力が低下し、手足が思いどおりに動かせず、視力も衰え、ときにろれつが回らなくなることがある。見ていてどんなにつらくても、何る。


も言わずにおくのが一番だ。

「言い訳にならないのはわかってるよ」

「どうせ浮いた話もないんでしょ」

フランシスは肩をすくめた。会うたびにロビンは、私生活について弟を質問攻めにする。

「女の子とつきあわないと、そのまま結婚できないわよ」

どうしてそう躍起になって結婚させようとするのか。

「いまは仕事のほうが大事なんだ。まずはキャリアを築きたいんだよ」

「じゃあ、仕事の話を聞かせて」

ようやく時間を作って姉に会いに来たのは、実をいえばそのためだった。ロビンはフランシスの相談役だ。物事を多面的に考えることができ、フランシスや捜査班の誰も思いつかないような関連性を見つけ出す。紅茶を飲みながら、フランシスは二件の殺人事件について詳しく説明した。話すうちに暗澹《あんたん》たる気持ちになって、最後には両手で頭を抱えた。

「完全に行き詰まってるんだ」フランシスは言った。「重大な意味を持つ事件なのに」

「殺人事件はどれも重大よ」ロビンが言う。

「わかってる。でも、上司からは力不足じゃないかって疑われてるし、チームのメンバーには、エリートぶってるだけの半人前と思われてる。この事件を解決してみんなに納得してもらわなくちゃならないんだ」

「いつものことじゃないの。ちょっと考えさせて」

「いくらでも考えてよ」

「上面だけ見たら、連続殺人事件ではなさそうよね」ロビンはビスケットを三つ、無言で咀嚼《そしゃく》しながら思案したあと、ゆっくりと言った。

「手口が違うし、タイミングが早すぎる。たしかに、連続殺人事件じゃなさそうだ」フランシスは言った。「だけど、どっちの事件もなんとなくしっくりこない。被害者は犯罪に関わっていないし、金銭目的の強盗でもない。性的暴行の痕跡もない」

「二つの事件には関連がないということになる」

「まいったな。殺人犯を二人も捕まえなくちゃならないのに、だからって人員や予算が増えるわけじゃない」

ロビンはその嘆きを無視し、フランシスが持ってきた写真を凝視した。

「これ」エヴァン・アームストロングの皮を剝がれた肩を指さす。「記念品を持って帰ったようにしか見えないわよね」

「ウォルシュの頭は？　頭皮にタトゥーを入れてた」

「わかってる。タトゥーさえ手に入ればいいなら、ウォルシュは全身にたくさんタトゥーを入れてたわけだから、どれでも好きなのを持ち帰ればすんだはずでしょう。頭のタトゥーを剝がすのは、そう簡単なことじゃないもの」

「だから頭ごと持ち帰ったんだ」

「たとえば、脚に入ってたオオカミのタトゥーではどうしてだめだったの？」

フランシスは答えに詰まった。キッチンに行って、さっき開封したビスケットの袋をまるごと持ってリビングに戻った。

「これも見てよ」フランシスは書類の束を差し出した。

「何これ？」ロビンが訊いた。

「SCAS――重犯罪分析課の分析結果。類似した事件の詳細のリスト」

「二つの事件を結びつけるものがこのなかにあるかもしれないということ？」

「そう、理屈の上ではね。でも、タトゥーが持ち去られた殺人事件は、ほかに一つもなかった」

ロビンは報告書に丹念に目を通した。

「じゃあ、この分析に従うなら、今回の二件の殺人事件は関連がないということになるわね。一件はタトゥーが持ち去られていて、もう一件では頭部がまるごと持ち去られていた。あ、紅茶のおかわりを淹れてもらえる、フランシス？」

やかんで湯を沸かして紅茶を用意しながら、フランシスはたったいまロビンが言ったことを思い返した。エヴァン・アームストロングとジェム・ウォルシュの二つの事件は、手口を見ると似ているとは言いがたいが、それでもやはり共通の要素を持っている。

「その報告書、ちょっと見せて」フランシスは紅茶のおかわりをコーヒーテーブルに置くなりそう言った。

ロビンが報告書を差し出す。フランシスはソファに腰を下ろし、すでに何度も確かめた情報にふたたび目を通した。

「何を探してるの？」ロビンが訊いた。

フランシスは首を振った。「わからない。でも、何かあるはずだって気がするんだ」

もう五回も熟読した資料だが、それでもまた一行ずつたどっていった。最後まで見てしまうと、最初のページに戻り、事件の詳細を目で追った。

やがてそれが目に入った。「あった！　これだ！」

「何？」ロビンが訊く。

フランシスはポケットから電話を取り出した。

「ローリー？　ＳＣＡＳの報告書を見てください。ジゼル・コネリーの事件――そうです、ゴルフ場で発見された女性の事件です。片方の腕がなくなっていて、徹底的に捜索しても見つからないままだった。その腕にタトゥーを入れていたかどうか、調べてもらえますか。わかったらすぐ知らせてください」

「フランシス。あなたって天才」ロビンが言った。

「それはまだわからないよ。もしタトゥーを入れてなかったなら、関連はないわけだから。でも、もしタトゥーを入れてたとしたら、タトゥー目当ての連続殺人事件ってことになる」

「そうなれば、あとはその犯人の正体を暴くだけ」

「でも、どうやって?」

「考えるまでもないでしょ。タトゥーを持ち帰る理由を突き止めれば、犯人の正体もわかるに決まってる」ロビンは答えた。

そうだ、考えるまでもない。そういう単純な話のはずだ。そうだろう?

19 マーニー

タトゥアージュ・グリの前で立ち止まり、マーニーは考えた――わたしはいったい何をしてるんだろう？　ついさっきフランシスから預かったスリーブ・タトゥーの写真をティエリーにも見てもらいたくて来たの？　それとも、それはティエリーに会うための口実？　だいたい、なぜフランシス・サリヴァンの捜査を手伝っているわけ？　彼に気に入られたいから？　どんなに自問自答しても、ここで考えていたって答えは出ない。だったら、いつまでも店の前に突っ立っていてもしかたがない。

入口のドアを開けるなり、フランス語の悪罵《あくば》が聞こえてマーニーを歓迎した。

「ちくしょう《メルド》！　いいかげんに放っておいてくれよ、ばか女《コナス》！」

険悪な表情をしていても、ティエリーはやはりハンサムに見えた。

「わたしもあなたのことが大好きよ、ティエリー」マーニーは彼の言葉の意味がわからなかったふりで嫌みを返した。

ティエリーのスタジオでは、シャルリとノアのほかに、若くセクシーな女性の見習いが何人か入れ替わり立ち替わり働いている。マーニーのスタジオよりずっと広く、手前と奥の空間に分かれていないワンルーム形式になっていた。もし何もかもが黒で統一されておらず、しかも胸くらいまでの高さの仕切りでいくつもの半個室に仕切られていなかったら、もっとずっと広く見えるだろう。片隅になかば解体されたオートバイがあった。いつからだったかもう誰も覚えていないくらい昔からシャルリが手を入れ続けているものだった。

めったに掃除をしないスタジオには、お香のほかに、どこか懐かしいようなにおいがいくつも混じり合って染みついていた。カレー、たばこ、マリファナ、消毒液。

「マーニー！」スタジオの奥からノアが歌うような声で叫び、こちらへやってきてマーニーを抱き締めた。かがみこんで頰にキスをされると、彼の顎ひげが頰にこすれて痛かったが、彼の温かな腕は家に帰ってきたような安心感を与えてくれた。「会いたかった」ノアが耳もとでささやく。「きみをさらってどこか遠くに行きたいよ」

マーニーは笑った。それは二人のあいだのいつものジョークで、本当に駆け落ちすることなどありえない。

ノアはデザイン画を描く作業に戻っていき、クライアントの胴体にタトゥーを入れているところだったシャルリがマーニーに手を振った。

「シャルリ」マーニーは彼に向かって軽くうなずいた。

ティエリーのスペースでインクボトルの在庫を確かめている見習いのことは無視した。その子はパンク・ファッションをした女子高生といった風に見えた。見習いの名前を覚えても無駄だ。有望な子なら、高給につられてすぐにライバルのスタジオに引き抜かれていくし、そうでなければこの店の三人のアーティストとの恋愛に破れて辞めていく。いちいちかまっていたらきりがない。

ティエリーはマーニーをじろりとにらんだが、まともに相手をしないのが一番だ。マーニーはバッグを椅子の背にかけ、ジャケットを脱いだ。

「何の用だ?」ティエリーが言った。「毎日、顔を合わせる必要がどこにあるんだ、え?」

「警察に協力を頼まれた」

「ぼくらの協力?」ノアが訊く。

「フランシスがスリーブ・タトゥーの写真を送ってきてね、それを彫ったアーティストが知りたいんだって。たしかに、わたしたちに訊くのが一番早そう」

「フランシス?」ティエリーが言った。「おれを逮捕したやつだな? ファーストネームで呼び合う間柄になったのか?」

「何とでも言ってれば」

なぜか頬が熱くなるのを感じて、マーニーはあわててバッグに手を入れると、筒状に巻いて持ってきたコピーを取り出した。それを誰も使っていない施術用テーブルに広げた。タトゥー・スタジオが撮影する典型的な作品例で、みごとなバイオメカニカル・タトゥーが入った女性の腕が写っていた。

「見て」マーニーは言った。「半年前に殺された被害者だって。腕が切断されてたの」写真のタトゥーを指さす。「それきり見つかってない」

ノアが見に来た。さすがのティエリーもつられて首を伸ばしてのぞきこんでいる。それから小さく口笛を吹いた。マーニーはティエリーの顔を観察し、写真を見た反応を探ろうとしたが、その表情からはほとんど何もわからなかった。

「すごいな。こういうの入れてるやつを前に知ってたけど、こう、皮膚がめくれかけてるみたいなデザインのタトゥーだった」ノアが言った。

「グロいデザインだな」ティエリーが言った。「シーマス・バーンの作品だろう」

「そうそう、バーンの作品だった。ああいうのばかり彫ってるからね」

「でも、これは違うよね？」マーニーは尋ねた。「彼の作品とはあんまり似てない気がするんだけど」

「ちょっと見せて」好奇心をそそられたか、シャルリがタトゥーマシンを置き、手袋を外してこちらに来た。施術中だった若い女は、これ幸いと手足を伸ばしたり水を飲んだりしている。

シャルリが写真を見ていると、見習いが作業の手を止めてティエリーの背後にそっと近づいた。彼の首に両腕をからみつかせて肩に頬をすり寄せる。ティエリーが向きを変えて、見習いの唇にキスをした。マーニーは目をそらした。元夫が誰かとディープキスをしているところなど、誰だって見たくないだろう。胸がちくりと痛む。とはいえ、ティエリーが思いやりに欠けた男なのは、いまに始まったことではない。

「ちょっと、そこのお二人さん」ノアがマーニーの表情から内心を察して言った。

ティエリーが振り向いてマーニーを見た。それから見習いに向き直った。

「あとでな、ベイビー」

ティエリーは果たしてあの子の名前を知っているのかどうか。

「あなた、年はいくつ?」マーニーは鋭い声で訊いた。

見習いは、迫ってくる車のヘッドライトに照らし出されたシカのように凍りついた。

「くそ《ピュタン》、マーニー。ほっとけって」

シャルリとノアは顔を見合わせた。シャルリは写真を手に取った。

「いい出来だね」シャルリは言った。「すごく腕がいいアーティストだ」

「犯人は目利きらしいな」ティエリーが言う。

マーニーは、ここに来た目的に意識を戻し、最後にティエリーとキスしたのはいつだろうとは考えまいとした。でも、いつだった？　一年か二年前、コンベンションのあと打ち上げで飲みまくった日？

「そうみたいね。エヴァン・アームストロングのタトゥーは、ジョナ・メイソンの作品だった。トライバル・ブラックワークの第一人者」

「エヴァンなら知り合いだったよ」シャルリが言った。「いいやつだったのに」

「そうだろう、そうだろう」ティエリーが言う。「料金を踏み倒すようないいやつだったよな」

「でも、一緒にいて楽しいやつだったのは事実だ」ノアが言った。「それに、本気になれば金だって取り立てられただろ。面倒くさがって放っておくからいけないんだ」

「マリファナで支払ったかもね」マーニーは言った。「あのころはよくそういう人がいたし」

ティエリーは首を振ったものの、笑っていた。

「警察は本当に何かつかんでるのかな。まさかタトゥーを盗むのが目的で人を殺して回ってるやつがいるとか？　ちょっと信じられないけどね」ノアが言った。

「人間の皮も動物の皮と同じように保存処理できるって知ってる?」マーニーは言った。

「日本ではヤクザの刺青をそうやって保存してるんだって」

「うわ、キモ」女子高生風の女が言った。

「おっと、いつまでもサボってちゃいけないな」シャルリはクライアントのところに戻った。「そのタトゥーの件だけど、もしかしたらあいつかもしれないよ」

「誰?」

「ポーランドのアーティスト。バルトシュ・何とか。そいつの作品にちょっと似てる」

ティエリーが自分のデスクに戻り、パソコンのブラウザーを起動した。

「バルトシュ? B-A-R-T-O-S-Z?」

「そう、合ってる」シャルリは新品の黒いラテックスの手袋をはめながら言った。

「バルトシュ・クレム、こいつだな」まもなくティエリーが確信ありげに言った。「たしかに、かなり似てるぞ」

マーニーはティエリーの椅子の後ろに立って画面を見つめた。タトゥーの写真が何枚もスクロールされて流れている。ほとんどはバイオメカニカル風のデザインで、殺害されたという女性の腕のタトゥーとたしかによく似ている。

「まず間違いないって感じ?」マーニーは言った。

「でも、警察はどうしてアーティストを知りたがってるのかな」シャルリが尋ねた。

「アーティストが殺人事件に関係してると思ってるとか？　どれも別々のアーティストの作品なんだろう？」

「どうしてかな」マーニーは肩をすくめた。「筋が通らない気がする。藁にでもすがりたいくらい追い詰められてるのかも」

「それでも、タトゥーが関係してるって考えてるわけだろう？」ノアが言った。

マーニーはまた肩をすくめた。写真のコピーを丸める。

「みんなありがとう。サリヴァン警部補に伝えておく。いまの情報が事件と関係してるかどうかの判断は、警部補にまかせるよ」

「〝フランシス〟、な」ティエリーは皮肉たっぷりの声で言った。

「じゃ、帰るね」マーニーは言った。餌に食いつく気はなかった。食いついたところで何の得にもならないし、自分はいまでもマーニーの怒りのボタンを好きに押せるという優越感をティエリーに抱かせるだけのことだ。

「あとでパブに来なよ、愛しい人《シェリー》」ノアが言った。

「今日はやめとく、ダーリン」

マーニーはスタジオを出てドアを閉めた。シャルリやノアと飲むのは楽しいだろうが、ティエリーがパブの片隅で見習いといちゃついているところなど見たくない。ときどき、堂々巡りの駆け引きなどすっぱりやめてティエリーと距離を置くべきだろうかと考える。しかし、どうしても踏み切れない理由が一つあった。アレックスだ。アレックスが六歳のときからすでにティエリーはパートタイムの父親でしかなかったし、いまちょうど父親の存在が何より大きな影響を及ぼす年齢にさしかかろうとしている――それがたとえティエリーのような当てにならない父親の存在であったとしても。

外はまだ真っ暗にはなっていなかったが、日没後の風は肌を刺すように冷たい。マーニーはジャケットを肩に羽織って考えた。美しいタトゥーを求めて街をうろついている人間が本当にいるのだろうか。肝心なのはそれだ。どれもすばらしい出来映えの作品であること。すでに確認できたアーティスト、ジョナ・メイソンとバルトシュ・クレムのことは噂で聞いて知っている。フランシスからはもう一つ別の写真も見せられていた。一番新しい事件の被害者の頭に彫られていたクモのタトゥーだ。一緒に刻まれている文字も、どこかで見たことがある作風だった。

セント・ジェームズ・ストリートの知り合いのタトゥー・スタジオの前を通りかかって、なかをのぞいてみた。今日はもう店じまいしたらしく、ここで働いているマンディやペペの姿はなかった。この前のコンベンションの告知ポスターがウィンドウの内側に貼ってあり、ずいぶん色が褪せて端が破れていた。もう剝がせばいいのにと考えながら、マーニーは急ぎ足で家路をたどった。

家に帰り着くまでのあいだ、同じ考えが頭のなかをぐるぐる回っていた。

点と点を結ぶ線はいったい何だろう。被害者の全員がタトゥーを入れていたこと以外にどんな共通点があって、犯人に狙われたのだろう。

しかし、いま以上に深入りしたくないし、それならばあれこれ考えてもしかたがない。ただ、ひたひたと忍び寄ってくる疑念をどうしても振り払うことができなかった。単に死体の発見者になったというだけでなく、マーニーを事件と結びつけているものがほかに何かあるのだとしたら――？

20 ローリー

「捜査に進展がありました」フランシスは言った。

「方針を転換すべき理由はなさそうです」

ボスと自分では、〝進展〟という語の定義が微妙に食いちがっているようだ。

木曜の朝だった。捜査班の全員が捜査本部に集まり、フランシス・サリヴァン警部補の日例指示に耳を傾けていた。

フランシスが掲示用のボードを指さす。

「捜査対象の事件は三つに増えました。新しく加わった一件は、半年前に発生した未解決事件です。被害者の氏名はジゼル・コネリー。この三つの事件を結ぶつながりはまだ危ういものですが、もし本当につながっているなら――いまのところあくまでも仮定の話です――これは連続殺人事件であると考えて間違いないでしょう」

〝連続殺人事件〟という言葉が出た瞬間、捜査本部に緊張の小波が広がった。とくに若手刑事は色めき立った。ここにいるほぼ全員が刑事を志望した理由はそれだからだ。ローリーは初めて連続殺人事件の捜査に参加したときのことに思いを馳せた。当時はまだ平の刑事だったが、すでに捜査の場数を踏んでいたし、捜査指揮を執ったのは定年間近の警部補──すなわちベテラン中のベテランだった。しかし、経験豊富な人員が集められていても、解決には何カ月もかかった。フランシス・サリヴァンは、筆記試験には目をつむっていても合格できるかもしれないが、今回の三つの殺人事件を解決するのはさすがに無理だろう。

そう考えると陰鬱な気持ちになった。そこでローリーは、フランシスの話にふたたび注意を向けた。

「この三つの事件は、関連していると証明するか、関連している可能性を完全に否定するか、二つに一つです。これまでのところ、被害者三名の接点らしきものは見つかっていません。エヴァン・アームストロングはIT業界で働いており、犯罪歴はなく、誰かから恨みを買っていた様子もありません。異性愛者ですが、交際中のガールフレンドはいませんでした。ジゼル・コネリーは弁護士事務所の修習生で、事件当時、ボーイフレンドは海外にいました。ジェム・ウォルシュはタトゥー・アーティストの見習いでした。この三人が互いに面識があったとは考えにくいでしょう」

「本当に連続殺人事件だとしても」ホリンズが発言した。「被害者はランダムに選ばれているのかもしれませんよね」いかにも得意げな口調だった。ホリンズは出世欲が旺盛であることはローリーも知っている。

「もちろんです。被害者をランダムに選ぶ連続殺人犯がほとんどでしょう。ぼくが言っているのは、三つの事件を結びつける要素としての共通点です。ローズ・ルイスの検死チームがいま、三件の検死結果を比較しています。ぼくたち捜査班は、被害者三名に関して判明している事実、殺害の手口、殺害現場、襲撃の直前の行動……あらゆるデータを比較します。何らかの関連が見つかれば、連続殺人の線でさらに進めていきます。何の関連も見つからなければ、連続殺人ではないということになるでしょう。三つの別々の殺人事件であれば、捜査には三倍の労力が必要になります」

　つまり、いまのところ何一つわかっていないということだ。

　ローリーの電話が鳴った。ブラッドショーからだった。

「ちょっと来てくれ、巡査部長」いきなりそれだけ聞こえたあと、電話は切れた。

　最上階まで階段を上ると、胸が苦しくなった。たばこのせいだ。ブラッドショーのオフィスのドアは開いていた。ローリーがなかに入ると、ブラッドショーがちょうど電話を終えるところだった。

「ああ、マカイ。そう時間は取らせない」

「どんなご用でしょう、警部」

「いいか、他言は無用だ」ブラッドショーは声をひそめた。

ローリーはオフィスのドアを閉めた。ブラッドショーはよろしいというようにうなずいた。

「マカイ、おまえにわたしの捜査本部における目と耳になってもらいたい」

ローリーは言われたことをしばし咀嚼してから訊き返した。「どういう意味ですか、警部。進捗報告なら毎日してますが」

ブラッドショーは意味ありげな目つきをした。「内部事情を把握しておきたい。捜査がどこまで進んだか。サリヴァンの仕事ぶりはどうか。あいつはまだ経験が浅い。好意的に見守ってやる目が必要だ」

要するに、警部のスパイになってフランシスの動向を監視しろという話か。

「わかりました、警部。サリヴァンの動きを漏らさず報告するようにします」

ブラッドショーはしたり顔でうなずいた。互いの意見が一致したようだなというように。「頼んだよ、マカイ。さあ、さっそく仕事に戻れ――やることは山のようにあるだろうからな」

一時間後、ローリーとトニー・ヒッチンズは、ジェム・ウォルシュのきょうだいから聞き取った、ウォルシュの行きつけのパブを一軒ずつ訪ねる地道な捜査に当たっていた。

「ああ、こいつならよく来てたよ」マッキー・ダックというパブの店主は、分厚い木のバーカウンターに両肘をついて言った。「だいたい週二回くらいかな。こいつを捜してるのかい？」

「いや、残念ながら居場所はもうわかってるんだ」ローリーは答えた。

エヴァン・アームストロングとジゼル・コネリーの写真も見せた。

店主は首を振った。「この二人には見覚えがないな。しかしまあ、観光客や一回限りの客も大勢いるからね。店に来た全員の顔を覚えてるわけじゃない」

どのパブでも同じだった。ジェム・ウォルシュは知っていても、ほかの二人は知らない。次にエヴァン・アームストロングの行きつけを当たってみたが、結果は同じだった。街の中心部にあるパブの一軒だけが例外で、バーテンダーの一人がジェムとエヴァンの両方を知っていた。しかし、二人が一緒にいるところは一度も見たことがないという。

「ジゼルはブライトン在住でさえなかったわけですよね」徒労の末に署に戻る途中で、ヒッチンズが言った。

「そうだ。リトルハンプトンに住んでた」ローリーは顔をしかめた。「これだけパブをはしごして、一杯も飲まなかったのは初めてだな」

署の入口で、ホリンズとすれ違った。

「何か有望な手がかりはあったか」ローリーは尋ねた。

ホリンズは首を振った。「何も。三人の仕事も学校も交友関係も重なっていません。事件当夜の行動にも共通点はなさそうですね。エヴァン・アームストロングはナイトクラブから帰る途中で、ジェム・ウォルシュは友達の家に遊びにいった帰り、ジゼル・コネリーは残業した帰り。いまからウォルシュが働いてたタトゥー・スタジオの経営者に話を聴いたあと、卒業した学校の校長に会ってきます」

ホリンズの仕事熱心さを見て、ヒッチンズが嘲るように唇をかすかにゆがめたのをローリーは見逃さなかった。

「連続殺人事件ではなさそうですね」署の階段を上りながら、ヒッチンズが言った。

「そうと決まったわけじゃないぞ。犯人が被害者をランダムに選んでいるんだとすると、被害者同士の共通点がなくてもおかしくはない。被害者同士に接点はないが、犯人とは接点があるってことも考えられる」

ヒッチンズは疑わしげな視線をローリーに向けた。

「言いたいことはわかる」ローリーは言った。「この捜査には何らかの突破口が必要だ。できれば新たな死体じゃない突破口がな」

「ツイッター上でいろんな噂が飛び交ってます」ヒッチンズが言う。「誰かチェックしてみたほうがいいかもしれませんね」

「ツイッターだと？」ローリーは言った。「あんなもの、陰謀論者が好き勝手なことを言い合ってるだけの場だろうに」

「犯人もツイッターをやってたら？」

「わかったよ。事件に関してまだ公表されてない情報を投稿してるやつがいないか、のぞいてみてくれ。仮にそういうやつがいたとしても、おそらく犯人じゃなく、口の軽い警察官だろうけどな」

ローリーはフランシスのオフィスに行き、聞き込みの収穫はゼロで、捜査はこの線からは進展しそうにないことを報告した。

「残念ながら、ボス、被害者同士に接点はなさそうだよ」

「事件同士にもつながりがなさそうです――ローズによればね」フランシスが言った。「三つの事件に共通する法医学的証拠は何一つ見つからない。同一の凶器を示唆するものも、DNAや毛髪や繊維もないそうです。指紋も。何も出てこなかった」

「とすると、連続殺人事件説は否定されたわけか」

「そのようですね。別々の動機を持つ別々の犯人が起こした、別々の殺人事件だろうと思います。タトゥーの件は、事件の本質とは無関係のもののようです」

21 マーニー

いったいいつのまに？　つい昨日まではほんの子供だったはずなのに、息子はいま、酔っ払ってソファでいびきをかいていた。マーニーはシンクの下からプラスチックのボウルを取り、半パイント入りのグラスに水を汲んだ。それからアレックスの足をどけて場所を空け、そこに腰を下ろした。ジーンズを穿いた脚を軽く叩いてアレックスを起こす。

「最後の試験はどうだった？」アレックスがもぞもぞと動き始めたところで、そう訊いた。

「え、何？」アレックスは目をこすり、水の入ったグラスを見た。

アレックスは一息でグラスを空にした。マーニーはそれを待ってもう一度訊いた。

「最後の試験はどうだったの、アレックス？　忘れた？　今朝受けたでしょ。経営学の試験」

アレックスはグラスを置いて、顔からはみ出しそうに大きな笑みを浮かべた。

笑うとティエリーそっくりで、どきりとしてしまう。

「我ながら完璧な出来だよ—

「ほんと？」よかった。声を聞くと、思ったほど酔ってはいないようだった。

「予想どおりの問題ばかりだったから、全部ちゃんと答えられた」

「いったい誰に似たのかしらね。パパもわたしも高校さえまともに卒業してないのに」

「パパはフランスで大学入学資格《バカロレア》を取ったんでしょ？」

いまはティエリーの話だけはしたくない。ここ数日、いやになるほど何度も顔を合わせたせいで、ずっと忘れようとしてきた複雑な感情が蘇ってきて、心がざわついている。

「マーティンとか、ほかの子たちはどうだったって？」

「みんなばっちりだったみたいだよ。リヴはいまいちだったとか何とか言ってたけど、そんなのいつものことだし、どうせリヴが一番なんだから」

リヴはマーニーの姪で、アレックスと同じ学校の生徒だ。

アレックスはしゃっくりをした。「いま何時？　みんなと約束してるんだよね」

「四時を回ったところ。でも待って、まさかまた遊びにいくの？　もう酔っ払ってるのに？」

「ママ！」アレックスは顔をしかめた。「酔ってなんかないって。昼飯の代わりにシャンパンで乾杯しただけだ。午後からまだ試験があるやつが多かったし、盛大な打ち上げは夜、これからだよ」

マーニーはため息をついた。一人親は本当にたいへんだ。〝よい警官、悪い警官〟の両方を一人で演じなくてはならないのだから。

「パスタを作るから、食べて行きなさい。ほら、キッチンに来て。料理しながらおしゃべりしよう」

ポットで湯を沸かそうとしたところで、電話がかかってきた。

「マーニー・マリンズ?」

「どなた?」

「『アーガス』のトム・フィッツといいます。死体の第一発見者ですよね……」

マーニーは電話を切った。警察よりももっと信用できない相手を挙げるとするなら、ジャーナリストだ。それにしても——マーニーが死体を見つけたことをなぜ知っているのだろう。いったいどうやってマーニーの電話番号を調べたのか。

パスタができあがるまでに、母と息子のあいだのぎすぎすした雰囲気は解消していた。アレックスの名誉のために言えば、マーニーの友人たちはみな十代の子供の扱いに頭を痛めているが、アレックスは昔から本当に手のかからない子供だった。

「で、今日はどうだったの?」朝食用のカウンターのスツールに座り、スパゲティをがつがつと食べながら、アレックスが訊いた。「今日は誰の皮膚に一生残る傷をつけた?」

マーニーは笑った。アレックスが家業を継ぐことは絶対にないだろう。タトゥーに関連する何もかもを毛嫌いしているのだ。とはいえ、マーニーは一向に気にしていない。ティエリーはそれをおもしろくないと思っているからだ。

「今日は女の人一人だけ。タトゥーを入れたら人生が台無しになるって気づかない愚かな女の人」マーニーはちゃかすように言った。

「ママのほうがよほど愚かじゃないか。だって、その人に教えてあげられる立場にあったわけだろ。それにその人、タトゥー・キラーに狙われちゃうかもしれないよ。ママは今日、次の被害者候補を一人増やしたってわけだ」

「ね、事件のこと、どこまで知ってる？」

アレックスは肩をすくめた。「学校じゃみんなその話ばかりだ。ママは誰かにタトゥーを入れるたびに、犯人に新しい獲物を提供してるようなもんだよ」

「わたしのタトゥーが入った人を狙う理由があるとは思えない」

犯人はどんな基準でターゲットを選んでいるのだろう。

「どうして？　ママのタトゥーだって誰にも負けないくらいかっこいいだろ。ぼくがタトゥー目当てで人を殺して回るなら、ママのタトゥーも一つはコレクションに加えるよ」

「優しいのね。でも、どうかしてるわよ、その考え。いずれにせよ、誰の作品かなんて犯人は気にしてないと思うけど」

「だけどママ、言ってたよね。何とかって名前の刑事が、犯人は記念品としてタトゥーを持ち去ってるんじゃないかって話してたって。ということは、記念にしたくなるくらい出来のいいタトゥーを狙って集めてるって思って当たりじゃないの。旅先で酔っ払った勢いで入れた、ろくでもないタトゥーとかじゃなくてさ」

マーニーはアレックスの皿を食洗機にセットした。アレックスに自分でやらせるべきだとわかってはいる。しかし、アレックスがやるのを待っていたら、キッチンはいつになっても片づかない。

「そうだね、そうかもしれない」マーニーは言った。「犯人が持ち去ったなかに、価値のないタトゥーはまだ一つもないものね。どれもすごくいい作品ばかり」

アレックスは、一週間の断食明けとでもいった勢いでアイスクリームを口に運んでいた。マーニーの話はもうまるで耳に入っていない。

キッチンのアレックスの背後の壁に、少し前のタトゥー展のポスターが貼ってある。みごとな日本の刺青が入った女性の背中の写真が使われていた。前の年にロンドンのサーチ・ギャラリーで開催された《血とインクの魔法》という展覧会だ。マーニーはアレックスと一緒にロンドンまで見に出かけた。アレックスとしては本当に興味があったわけではないだろうが、誕生日プレゼントとしてマーニーを連れていってくれたのだ。女性の背中の片側に、十の名前が並んでいる。展覧会の呼び物とされたタトゥー・アーティスト十名の名前だ。

リック・グローヴァー
ジェイソン・レスター
イシカワ・イワオ
ジジ・レオン
ジョナ・メイソン
ポリーナ・ヤンコウスキー
ヴィンス・プリースト
バルトシュ・クレム
ペトラ・ダニエッリ
ブリュースター・ボーンズ

この面々が現在の世界十大タトゥー・アーティストと言われている。誰かの主観によるものであって大した意味はないとマーニーは思うが、ティエリーは自分が選ばれなかったことに納得がいかなかったらしく、このポスターを見たときはすさまじい形相で怒り狂っていた。マーニーは十人の名前をもう一度上から目でたどった。

「え？……うそだよね？」マーニーはかすれた声でつぶやいた。それから電話を引き寄せた。

22 フランシス

大事な話とはいったい何だろう。

セント・ジェームズ・ストリートとの交差点に向かってジョージ・ストリートを急ぎ足で歩きながら、フランシスは留守電のメッセージを頭のなかでふたたび再生した。マーニー・マリンズは、すぐに来てほしいと言っていたが、用向きは告げていなかった。しかし声に切迫した響きがあって、それが言葉より多くを伝えていた。だが、何を伝えたいのだろう。何がわかったというのか。今夜はロビンに会いにいく約束だったが、この分では来週に延ばすしかなさそうだ。姉と過ごすと考えるより、これからマーニー・マリンズに会えるのだと思うと何倍もうれしく、フランシスはそのことにいくらか後ろめたさを感じた。

路上からホームレスの男性が手を伸ばしてきた。

「どうか小銭を」

フランシスは男性を見た。金の使い道は即座に察しがついた。「何か食べるものを買ってきましょう」すぐ先にコンビニエンスストアが見えていた。

「いや、いいから金をくれ」男性が険悪な顔をした。

フランシスはかまわずコンビニエンスストアに入り、サンドイッチとチョコレート菓子、ボトル入りの水を買った。ホームレスの男性の前にしゃがんで買ってきたものを差し出す。

「聖ペテロ教会にシェルターがあります」フランシスは言った。「温かい食事とベッドを提供してもらえますよ」

ホームレスの男性はサンドイッチを受け取って礼の言葉をぼそぼそとつぶやいた。黒っぽい瞳は空っぽの貝殻のようだった。

マーニーが留守電のメッセージで指定したスペイン風小皿料理《タパス》の店が百メートルほど先に見えた。まもなく、フランシスは店のドアを開けた。なかは暖かくて薄暗い。床は板張り、壁は煉瓦造りで、頑丈そうな木の家具が並ぶ素朴な雰囲気の店だった。薄暗い店内に目をこらすと、奥のほうのテーブルにマーニーの姿があった。テーブルには栓を抜いた赤ワインのボトルがあり、用意されたグラス二つのうち片方に半分ほどワインが注がれていた。

「どうしてこの店なんです？」フランシスは腰を下ろすなり尋ねた。「警察本部に来てくれてもよかったのに」

「行ったんだけど」マーニーは答えた。「あなたの行き先を教えてもらえなかったから」

なるほど、そういうことか。フランシスは検死局に行っていて、ジョン・ストリートの警察本部に戻ったところでマーニーのメッセージを聞いた。

「誰が応対しました？　ローリーですか」

マーニーは首を振った。「違う。女の人だった。ものすごく意地悪な人。あなたの奥さんか何かみたいな態度だったな」

誰だろう。アンジーか？　たまに横柄な態度を取ることがあるのは間違いない。

「ちょうど一杯飲みたかったし」

フランシスはマーニーを見た。たしかに、少し怯えたような顔をしている。

断る暇もなく、マーニーがもう一つのグラスに赤ワインを注いだ。フランシスは手をつけずにおいた。

二人の目が合った。そのまま見つめていたかったが、フランシスは目をそらした。

「で、何か新しい情報でも？」フランシスはどぎまぎしながら訊いた。

「これ」マーニーはテーブルの上のものを指さした。初めから置いてあったようだが、フランシスはこのときまで気づかずにいた。

光沢紙の図録を手に取り、テーブルの真ん中の蠟燭の光にかざした。表紙は女性の背中の写真だった。中国風のドラゴンの美しい刺青が入っている。宝石のような極彩色を黒無地の背景が際立たせていた。どこかで見たような気が、と考えてすぐに思い出した。イシカワ・イワオがジョナ・メイソンの作品を探して二人に見せた図録だ。

「《血とインクの魔法》」フランシスは読み上げた。「〝伝統芸術を現代に受け継ぐ巨人たち〟」

マーニーはうなずいた。蠟燭の炎が彼女の瞳を生き生きと輝かせていた。

「どうしてこれをぼくに？」

「去年、サーチ・ギャラリーで開催された展覧会なの。なかを見てみて」

話がのみこめないまま、フランシスは図録をめくった。さまざまなスタイルのタトゥーの写真。イシカワ・イワオから見せられた写真もあった。

「ジョナ・メイソン。エヴァン・アームストロングのタトゥーを彫ったアーティストでしたね」

「そう」

「で？」

マーニーはフランシスの手から図録を受け取った。

「これ見て──

何ページかめくった先の別の写真を指さした。バイオメカニカル風のデザインで、ジゼル・コネリーの行方不明の腕に彫られていたものに似ていた。

「バルトシュ・クレム」フランシスはアーティスト名を読み上げた。

「そう。写真を見せたら、ティエリーの同僚の一人がこのアーティストの作品じゃないかって教えてくれた。それから、これも見て」

マーニーは次のページをめくった。凝りに凝ったデザインのブラックレター体の文字のタトゥーが並んでいた。

「リック・グローヴァーの作品。このすぐ近くにスタジオを構えてる。〝ベリアル〟の文字とクモの巣のタトゥーを彫ったのは、たぶんリックだと思うの」マーニーは言った。何かを期待するような沈黙が続いた。

フランシスは図録を受け取って写真を仔細に見た。

「で？」ようやく沈黙を破って、フランシスは先を促した。

「わからない？」マーニーはいらだったように言った。「三つの事件を結びつける共通点を探してるんでしょ？　共通点はこれだよ。被害者は三人とも、サーチ・ギャラリーの展覧会に作品が展示されたアーティストのタトゥーを入れてた。世界最高のアーティストの作品を集めた展覧会。誰かがその十人の作品をコレクションしてるってこと」

「共通点かな。それとも単なる偶然？」

マーニーは目を見開いた。それからグラスに残っていたワインを飲み干した。「ね、それ本気で言ってる？」

「もちろん、本気です――ふざけてる場合じゃありませんから」フランシスはテーブルの上で拳を握り締めた。「ええ、たしかに、ジェム・ウォルシュや女性の被害者のタトゥーは、このアーティストの作品かもしれない。だけど、まだ裏づけが取れたわけではありません。それに、この展覧会で取り上げられたアーティストの作品だったとして、だから何です？　だって……」図録を手に取ってぱらぱらとめくった。「……ほかの七人のアーティストに対応する死体は見つかっていないわけでしょう。これだけでは何もないも同然です」

「じゃ、訊くけど、あなたは何か手がかりを見つけたわけ？」

フランシスは赤ワインを一口飲んで時間稼ぎをした。

「お酒、飲むんじゃない」

「勤務時間は終わってますから」

「現に勤務中でしょうが」

若いウェイターがおそるおそる近づいてきた。マーニーが料理の名前をよどみなく挙げて注文し、ウェイターは立ち去った。

フランシスは眉を吊り上げた。「いま、ぼくの分も勝手に頼みませんでした？」

「食べないと体力がもたないよ」

マーニーに好感を抱かずにはいられなかった。とにかく率直なところがいい。彼女は好き嫌いをいっさい隠そうとしない。いったい何の罪で服役していたのだろう——それを尋ねたいのをぐっとこらえた。もっと突っこんだところをローリーに尋ねたい気持ちは山々だが、マーニーに個人的な関心を持っていることを知られたくなかった。

「つまりあなたが言いたいのは、展覧会を見た誰かがタトゥーのコレクションを始めたということですか。犯人は、そう、タトゥー泥棒だと？」

「そうよ、そういうこと。犯人はタトゥー泥棒」

「そもそも、三つの事件が関連していることを示す証拠は何一つありません」

マーニーは目を丸くした。「まだわからないの？　これこそ三つの事件を結びつける共通点なのに」

「それはどうかな」

「信じたくないなら勝手にしてくれていいけど、共通点だってことは否定できないでしょ。それに、わたしが知るかぎり、ここまでに見つかった唯一の共通点らしきものでもある」

「とすると、これからもまだ被害者が出るし、被害者はここに名前の挙がっているアーティストが彫ったタトゥーを入れているだろうと考えているわけですか」

「わたしの推理が当たってればね。それにもう一つ、次の事件が起きる前に警察が犯人を捕まえられなければ」

「あなたがタトゥー・アーティストになって何年たちます？」フランシスは訊いた。

ウェイターがオリーブの小皿を運んできた。マーニーは一つを口に放りこんだ。

「十九年」もぐもぐ咀嚼を続けている。

「ずいぶん若いときに始めたんですね」

「十八歳でティエリーの見習いになった。いま知ってることは全部ティエリーに教わったようなもの」

「彼とはどこで知り合ったんですか」

マーニーの顔が曇った。「フランスで働いてたとき。肌をこんがり焼きたくて、夏のあいだだけフランスでウェイトレスをしてたの。ティエリーの弟と何度かデートして、それで……」マーニーの声はしだいに小さくなって途切れ、あとに気まずい沈黙が残った。

フランシスは、それ以上問い詰めようとは思わなかった――いまの答えを聞けば充分だという気がした。そこで、もっと安全な話題に戻ることにした。

「十九年間に、何人にタトゥーを彫ったと思います？」

マーニーはオリーブをのみこみ、目を閉じて計算した。それから肩をすくめた。

「数千人とか、そういう単位かな」

フランシスはパンをちぎった。ウェイターがテーブルの上のものを整頓し、もっと小皿を並べるためにスペースを空けた。

「タトゥー泥棒がこの展覧会のアーティストの作品をコレクションしているのだとすれば、あと七人残っています。となると、被害者に選ばれるかもしれない人は、膨大な数に上る。そうですよね？」

「そうね」

「それがどこまでぼくらの捜査の手がかりになるか」

「ぼくらのって、あなたとわたしってこと？」マーニーは唇に満足げな笑みを浮かべ、またグラスを取ってワインをごくりと飲んだ。

「たとえあなたの推理が当たっていたとしても……」

「当たってるってば。狙われてるのはわたしの仲間、わたしが所属してるコミュニティなの。だから真剣に取り合って」

「つい昨日までは事件に関わりたくないと言っていたのに、今度は捜査の先頭に立とうってわけですか」

「人が死ぬなんていやだもの。しかも、わたしが知ってる人たちかもしれないんだから」

フランシスは展覧会の図録をまた丹念に見たあと、冒頭に戻った。

「これ」フランシスは挨拶のことばが掲載されたページをマーニーに向けた。

「何?」

「監修者の名前。あなたの友人のイシカワ・イワオですよ」

「知ってる。初日のレセプションに行ったから」

フランシスは黙りこんだ。彼に牙をむいてうなったタトゥー入りの猫。この共通点に関してマーニーの考えが当たっているなら、この捜査はひじょうに困難なものになるだろう。だが、少なくとも進むべき方向ははっきりする。

「食べて」マーニーは言った。「食べたら、フランク、どうして刑事になろうと思ったか話して」

「フランシスです」彼は歯を食いしばって言った。

人の過去をほじくる前に、何の罪で服役したのか、それをぜひ教えてもらいたいな、マーニー・マリンズ。

Ⅶ

ワン、トゥー、タトゥーを切って
スリー、フォア、もっと《モア》剝いで
ファイブ、シックス、麻薬《フィックス》の快感
セブン、エイト、待《ウェイト》ちきれない

　この仕事に求められる絶対の精度を期すには、切れ味抜群の刃物を用意しなければならない。刃物を研ぐときは、セラミックの砥石を使い、手で作業すると決めている。電気式の研ぎ機は決して使わない。そして砥石に刃をすべらせるリズムを一定にするために、取るに足らない自作の歌を口ずさむ。こうするとカミソリのように薄く鋭く仕上げられる。刃物はいつ何時も研ぎ澄ましておかなくてはならない。チャンスはどこからやってくるかわからないからだ。チャンスは思いがけないタイミングで到来するものだから、使っていなかろうと、定期的に刃物を研いでおく。なまった刃は、決して信頼に足る味方ではない。

刃物はすべて、作業台の上に正しい順序で並んでいる。短いカッティングナイフ、それより長い湾曲した皮剝ぎナイフ。砥石は適切な角度をつけて作業台の端に並べ、しっかりと固定してある。そうしておけば、すぐに次の作業に移行することができる。ナイフ一本につきざっと一時間を費やし、つまらない歌を口ずさみながら研いでいく。繰り返しているうちに恍惚としてくる。

まるでセラピーだ。

皮を剝ぐのと同じように。

昔から、剝製のプロセスのうちの何よりそれが好きだった。完璧な一枚皮に剝ぐこと。簡単な作業ではない。成功すれば、それがそのまま褒美だ。そのことはロンから学んだ。皮のなめしや剝製作りに必要な知識とスキルのすべてをロンから学び取った。生きる上での教訓もいくつか。ロンから学べるものがついになくなるまで、わたしはスポンジのようにすべてを吸収した。

彼の皮膚を取っておいたように、彼のクライアントも引き継いだ。コレクターと知り合ったのも、彼がロンのクライアントだったからだ。彼は剝製をコレクションしている。

そしてわたしとロンは業界最高の剝製師だった。彼のリクエストは、わたしたちの能力の限界を試すような種類のものだった。わたしはつねにベストを尽くした。彼がわたしの仕事ぶりを見守ることもある。剝製のプロセスに魅入られているのだ。彼はとても博識な人だった。頭の回転がとても速い。そういう相手に敬意を抱かずにいるほうが難しい。だから彼がわたしと時間を共有してくれるのは光栄なことだし、わたしがやってみせることに関心を持ってくれていると思うと誇らしい。

その意味で、彼は実父や弟とはまるで違っている。あの二人がわたしの仕事に関心を示したことは一度もなかった。他人に興味がなかった。自分が成し遂げたことにしか、そして自分の未来にしか興味がなかった。わたしの考えや意見は黙殺された。ロンはだいぶましだった。わたしのすることに関心を向けた。しかしそれは、わたしが弟子だったからだ。わたしがどこまで身につけたか、確かめようとしていただけのことだ。だがコレクターは、わたしの仕事に一目置いている。わたしも彼に一目置いている。彼の審美眼は確かで、芸術の価値を見分ける目を持っている。それがわたしと彼を結ぶきずなだ。

コレクターのためなら、どんなことでもできる。どんなことでも。

彼が望むなら……。

痛い！　ナイフで指を切ってしまった。小さな小さな血の粒が見る間に大きくなり、木の作業台にぽたり、ぽたりとしたたった。やすりをかけて染みを削り取らなくては。いや、それともこのままにしておこうか。

自分の血のにおいが刺激になって、初めて自覚した――自分がどれだけ殺しを求めているか。どうやらそのときが来たようだ。

23　ローリー

午前八時にブラッドショーのオフィス。それがゆうべボスから送られてきたショートメッセージの指示だった。ローリーはその時刻に来た。ブラッドショーも来ている。ところがボス本人は影も形も見えない。

「で、サリヴァンの様子はどうだ？」

ローリーはブラッドショーの耳たぶにくっついたシェービングクリームの小さな丸い粒に気を取られていた。

「ローリー？」

「ああ、すみません、警部。何でしたっけ？」

「サリヴァンの働きぶりはどうだ？　何かあったら報告しろと言っておいたはずだが」

「なかなかのやり手です、言うまでもなく。しかし……」

「しかし……何だというのかね？」

「今回の事件、連続殺人かもしれないこの事件は……一筋縄ではいきそうにありません。一人が起こしている事件なのか、それぞれ別の犯人がいるのか、それさえわからないし、関連しているという確証もなくて……」

「で?」

ローリーはため息をついた。「サリヴァンのように捜査経験の浅い者の手には余るのではないかと」

ブラッドショーはしばし黙考してから言った。「率直な意見に礼を言うよ、マカイ」

よし、完璧じゃないか。遅刻などするほうが悪い。

「いや、もちろんですね、ほかの者なら解決できるかといえば、それはまた別の話……」

ノックの音がして、ブラッドショーのオフィスのドアが開いた。ローリーは口をつぐんで振り返った。フランシスが入ってきた。例によってスーツはぴしりとプレスされていたが、フランシス当人はくしゃくしゃだった。血走った目でローリーを見つめている。急に会話が途切れたのはなぜかと問い詰めるような視線だった。

ゆうべ、どこで何をしていた?

「おはようございます、警部。遅くなって申し訳ありません。おはようございます、ローリー」

ブラッドショーは非難がましいうなり声を漏らし、腕時計を確かめた。フランシスが椅子に腰を下ろす。

「おはようございます、ボス」ローリーは応じた。

「捜査に進展があったんだろうな」ブラッドショーはフランシスの視線をとらえた。

「マカイ巡査部長から進捗の報告はありましたか」

「いや。ローリーとは、グレインジャーが産休に入ったら人員を補充しなくてはならないという話をしていた」

フランシスは明らかに疑っている。

「捜査に進展がありました、警部」フランシスは言った。「ＳＣＡＳに照会をかけて、ほかの街で起きた未解決事件のなかに、今回の事件と関連していそうなものがないか調べたところ、関連していそうな事件が一件見つかりました」

ブラッドショーはうなずいた。

「去年、ゴルフ場で女性が死体で発見された事件がありまして、片腕がいまだ見つかっていません。被害者の氏名はジゼル・コネリー、リトルハンプトンの弁護士事務所見習いです。年齢は二十六歳……」

ブラッドショーが割りこんだ。「つまり何だ、未解決事件は二件ではなくて、三件に増えたということか？　それは進展と呼べるのかね。だいたい、三件目はうちの事件でさえないだろう」

「死体が発見されたゴルフ場はうちの管轄地域内です。この女性は……」

「女性であるところがひっかかるね。三件目の被害者は女性だが、うちで起きた二件、関連しているかどうかさえ突き止められていない二件の被害者は、どちらも男性だ。おまえも当然知っていることだろうと思うが、連続殺人事件の犯人は、殺人祭りのさなかに被害者の性別を変えたりしないものだよ。前にも言ったが、これまでに挙がっている事実は、いずれも連続殺人であるという仮説を否定するものだ」

「しかし、警部」フランシスは断固たる口調で反論を始めた。大した度胸だ。「被害者の女性は、持ち去られたほうの腕にスリーブ・タトゥーを入れていました。その腕はいまも見つかっていません」

「どんなタトゥーだ?」

「タトゥーの図柄に意味があるかどうかわかりませんが、バイオメカニカル風のデザインでした」

「バイオ……何だって?」

「バイオメカニカルです、警部。入れている人物をサイボーグのように見せるタトゥーです。皮膚の下に機械があるような」

そう説明するボスの口調は、すっかりタトゥーに詳しい人物のそれになっていた。あれからマーニー・マリンズと何度も会っていたのだろうか。

「世も末だな！」ブラッドショーはあきれたように天を仰いだ。「弁護士になろうって人間がそんなタトゥーなど」

「肝心なのは、被害者三人の全員――エヴァン・アームストロングとジェム・ウォルシュ、そしてほんの数カ月前に死んだジゼル・コネリーは三人ともタトゥーを入れていて、死体の発見時、そのタトゥーがなくなっていたということです。エヴァンの体から切り取られた皮膚はこのまま発見できずじまいになるでしょうが、ほかの二人の頭部や腕を持ち去った人物は、骨を処分する必要に迫られるでしょう」

「わたしには納得がいかんね」ブラッドショーが言った。「想像力がたくましすぎるのではないか、サリヴァン。タトゥーうんぬんはただの偶然だろう。女性の事件が最近の二件の事件と関連していることを示唆するものは何一つない。それをいったら、正直な話、最近の二件が関連しているとも思えんしな」ミーティング終了を宣言するように、ブラッドショーは座ったまま椅子を後ろにずらした。「おまえたちは互いに関連のない別々の殺人事件を三つ抱えているわけだ。その三つをどうにか関連づけようとすることにいつまでも時間を費やしている場合ではない。別々の事件として捜査するのに使うべきだった人員をすでに無駄にした」

「しかし、関連していると証明できれば、それがいま欠けている手がかりになります」フランシスが言った。

「連続殺人の線は捨てるんだ。ローリー、ほかにどんな捜査に人員を振り向けるべきだと思う?」

ローリーは咳払いをして口を開きかけたが、その前にフランシスが口をはさんだ。

「警部、これを見てください」フランシスは革のブリーフケースから展覧会の図録を引き出した。「持ち去られたタトゥーはどれも、この展覧会で取り上げられたアーティストによる作品です」

ブラッドショーは差し出された図録を受け取った。

ブラッドショーが見ているものを自分も見ようと、ローリーは首を伸ばした。

そいつはいったい何だ? 自分がまだ一度も見たことがないのはなぜだ?

「被害者同士を結びつける糸はこれかもしれません。細い糸ではありますが」フランシスが続けた。「もちろん、これだけを頼りに捜査を進めるつもりはありませんが、可能性として心に留めておく必要はあると思います。捜査員にはさしあたり、エヴァン・アームストロングとジェム・ウォルシュの交友関係を調べさせています。被害者二名が犯罪に関係していたということはなさそうですが、すぐに浮上しないからといって、その可能性がないということにはなりません」

「つまり、被害者同士の共通点探しではまだ当たりを引いていないということだな」ブラッドショーは鼻を鳴らし、関心を失った様子で図録をデスクの片側に放り出した。ローリーは手を伸ばして図録を取った。持ち主が誰なのかは考えるまでもない——ボスはマーニー・マリンズと会っていたのだ。それを知ったらティエリー・マリンズはどう思うだろう。ローリーが見たところ、二人は離婚したあとも親しい関係を維持しているようだった。

「アームストロングとウォルシュの交友関係や生活ぶりについては、両方の家族から話を聴きました。バートンとホリンズが交友関係を当たっていて、ヒッチンズとおれは行きつけのパブで聞き込みをしました。今日、ヒッチンズとホリンズが被害者の職場に行く予定です。バートンはジゼル・コネリー事件を洗い直すのと、被害者三人のソーシャルメディアへの投稿を調べることになってます」ローリーは現状をそう説明した。

ジゼル・コネリーの名が出たとたん、ブラッドショーはまた鼻を鳴らした。「見つかっていない頭部は？」

「ローズからまだ確たる報告は来ていませんが、捜索犬にビーチ全体を嗅ぎ回らせていますす」ローリーは言った。「マデイラ・ドライブに面した駐車場でウォルシュの臭跡を見つけたそうです。駐車場は桟橋から東に百メートルと離れていない場所にあって、そこからビーチまで臭跡が続いていました。死体が発見された地点で一番強かったようですね。そこからさらに波打ち際まで続いていた。つまり、頭部は海に遺棄された可能性もありそうだということになります。しかし、干潮時にも見つからないので、ダイバーチームには、引き波のパターンを考慮しながらもっと沖を捜索するよう指示しましたが、これまでのところ発見できていません。海に投げこまれたとすると、発見の可能性はかなり低いでしょうね」

「二週間もすれば、セルシー・ビルのビーチに打ち上げられるのではないか」ブラッドショーが言った。

「そうかもしれませんし、そうはならないかもしれません。沿岸警備隊は潮の流れは把握していますが、切断された首が海底をどう転がってどこへ行き着くかなんてデータはさすがに持っていませんでした。簡単に実験できることじゃありませんから」

「要するに、捜査は何一つ進展していないということだな。次は何をどうする予定だ？　マカイ？」

「先ほども説明しましたが、被害者の交友関係、職場、それにジゼル・コネリー事件を調べます」

「死体発見現場周辺で共通して目撃された車両はないわけか」

「ナンバーの一部しか判明していません。調査中です」

ブラッドショーは顔をしかめた。警部に言わせれば、何もかも遅すぎるのだ。「サリヴァン、おまえは？」

「イシカワ・イワオにもう一度話を聴いてみようと思っています。展覧会を監修したのは彼なので。三つの殺人事件について、どう考えているか知りたいです」

「もっとましな時間の使い方があるだろうに。その線は捨てろと言ったはずだ」

フランシスはまだ、上司の扱いを心得ていないようだ――警察官の基本スキルの一つなのに。

「警部、これは有望な仮説ですし、いまの時点ではほかにこれといった説はありません。間違っていると証明されるか、成算があると判明するか、何らかの見きわめができるまでは追って見るべきです」

「そのイシカワとかいう男の意見が間違いなく参考になると？」

「ええ、そう思います」

ぎこちない沈黙が続いた。

「猫にタトゥーを入れてるって男でしたね」ローリーは言った。重要なポイントを指摘するためというより、ただ沈黙を埋めるためだった。

ブラッドショーは額の生え際にくっつくほど眉を吊り上げた。

「それは合法か？」ブラッドショーが訊く。「動物愛護協会に通報したか？」

フランシスは首を振った。

「すみません」フランシスは言った。「ローリー、〝トゥイードルズ〟の一人に言って、動物にタトゥーを入れた場合の処罰を調べてもらってください」

ブラッドショーが大きく息を吸いこみ、その勢いで鼻の穴が細くなった。「出頭させて取り調べろ、サリヴァン」

「猫の件で？」

「そうじゃない。殺人事件に関してだ、馬鹿者」

「動物虐待」ローリーは言った。「連続殺人犯はだいたいそこから始める」

「出頭させろ」

ブラッドショーの口調は有無を言わさぬ響きを持っていたが、それでもフランシスは引き下がらなかった。

「イシカワが事件に関与していることを示すものは何一つありません。それよりも、非公式に話を聴いて、相手に疑念を抱かせずに手応えを探ったほうがいいと思います」

口を開くべきではなかった。だが、すでに手遅れだった。

「いいからそいつを取り調べるんだ」

「おれが手配します、警部。今日の午後にでも」ローリーは言った。

フランシスが膝に置いた両手をぐっと握り締めるのがローリーの視界の隅に映った。

「口を出さないでください、ローリー」腹立たしげな声だった。「警部、正式な形で事情聴取をするチャンスは一度しかないかもしれません。そのチャンスは、どうしても答えが必要な具体的な疑問が生じたときのためにとっておいたほうが得策です」

フランシス・サリヴァンは、上司の直々の命令に対して〝ノー〟と言い返した。その結果は愉快なものではなかった。ブラッドショーは顔を真っ赤にし、上目遣いで彼をにらみつけた。それから立ち上がると、ミーティングはここまでだと身振りで示した。ローリーは電光石火でその指示に従った。

「すぐに取り調べろ。これは命令だぞ、サリヴァン。警部補に昇進したからといって図に乗るんじゃない」

フランシスは何も言い返さないまま、猛然とオフィスを出た。勇気は認めるが、愚かにすぎる。

「安心してください、おれが手配しときますから、警部」ローリーは言い、オフィスを出てできるだけ静かにドアを閉めた。

24 フランシス

フランシスが取調室に入っていくと、イシカワ・イワオは丁寧にお辞儀をした。背後から入ってきたローリーの存在を強烈に意識しながら、フランシスもお辞儀を返した。イシカワは前回と違って和装ではなく、品位に欠けるくらい細身の高価そうなジーンズと、胸の筋肉のたくましさを際立たせる水色のオックスフォードシャツという出で立ちだった。ふだんから体を鍛えているらしい。そう思うと同時に、イシカワが武術のトレーニングをしている図が頭に浮かんだ。

人種による思いこみはよくないぞ。やめろ。

「わざわざ来てくださってありがとうございます、ミスター・イシカワ」フランシスは言った。「こちらはぼくの同僚のマカイ巡査部長です」

「礼などけっこうですよ。来ないという選択肢は与えられませんでしたからね」イシカワが言った。ローリーには見向きもせず、ひたすらフランシスをにらみつけている。「で、どのようなお話ですか」

「どうぞおかけください」フランシスは促した。

フランシスとローリーはテーブルの手前側の椅子にそれぞれ座った。イシカワはためらっている様子だったが、フランシスがもう一度うなずいてみせると、椅子を引いた。背筋をぴんと伸ばし、膝と足をそろえて座ると、両手をももに置き、それでと促すように刑事たちを見た。

「この会話を録音します。かまいませんね」フランシスはテープレコーダーの録音ボタンを押した。

「かまいませんよ、録音のコピーを顧問弁護士の事務所に送っていただけるのであれば」イシカワは言った。「それともう一つ、なぜ録音が必要だと思うのか、この件についてわたしはどのような立場に置かれているのか、それを説明していただきたい。わたしは罪を犯したと疑われているのですか」

「弁護士からこちらに請求してもらえれば、コピーはお渡ししますよ」ローリーが言い、手帳に何か走り書きした。

「あなたの現在の立場は、捜査への協力を求められた参考人です」フランシスは言った。

「それを変更すべき理由が生じたときはお知らせします」

イシカワは眉根を寄せた。「でしたら、この会話を録音する必要はありませんね」

「いいでしょう」フランシスは言った。「そうご希望なら」

イシカワは権利意識が高いようだ。

彼の到着を待つあいだに、フランシスとローリーは作戦を練っておいた。タトゥーの展覧会やそこで取り上げられたタトゥー・アーティストについての当たり障りのない質問から入るのではなく、反対側から——殺人事件そのもの、より具体的には、推定死亡時刻前後のイシカワのアリバイを確かめるところから事情聴取を始める。

「五月二十八日の日曜日、午前零時から午前六時のあいだ、どちらにいらしたか教えていただけますか」

イシカワは困惑顔をした。

「日付をもう一度」

「五月二十八日。この前の日曜です」

「日曜日」イシカワは驚愕から立ち直った様子で答えた。「午前零時から午前六時のあいだでしたか。それならベッドで眠っていたと思います」

「確かではない？」

「ベッドにいたか、スタジオで絵を描いていたか。ふだんは午前零時から二時のあいだに床に入りますし、それまでは絵を描いています。この前の土曜の夜——日曜の早朝か——は外出しませんでした」そう答えて肩をすくめた。「その時間にはスタジオにいたか、ベッドに入っていたかのどちらかです」

「それを裏づけられる人はいますか」

「独り暮らしですから」

ローリーとフランシスはすばやく顔を見合わせた。イシカワの説明には真実の響きがあったが、アリバイという意味では何もないも同然だ。

「では、この前の火曜の夜はいかがですか。午前零時から午前五時ごろです」

「同じですね」

「自宅に一人きりでいた？」

イシカワはうなずいた。「火曜の夜は、自宅に一人きりでいました」茶色い瞳でフランシスをまっすぐに見た。「どうしてもわたしの居場所を確認したいなら、携帯電話の位置情報を調べればすむことでは」

「外出するとき全員が全員、かならず携帯電話を持っていくとはかぎりません」フランシスはイシカワの視線を正面から受け止めたまま言った。

「わたしはつねに持ち歩いています」イシカワが言い返す。

イシカワの携帯電話の記録を調べるための令状を申請すること――フランシスは頭のなかのメモ帳に書きつけた。

ローリーが咳払いをして注意を引いた。「おたくの猫の話を聞かせてください。タトゥーが入ってる猫の話です。動物にタトゥーを入れるのは虐待に当たるとは考えませんでしたかね。おそらく法律違反になると」

「タトゥーの入った猫は二匹います」イシカワは椅子の上で微妙に姿勢を変えた。「日本から引き取ったときにはもう、タトゥーは入っていました」

「しかし、悪いことだという意識はない？」

「保護シェルターから引き取った猫です。わたしなら動物にタトゥーを入れたりなどしませんよ。当然でしょう。動物から同意はもらえませんからね。人間であれ動物であれ、わたしは本人の同意なしにタトゥーを入れたりしません」

フランシスのポケットのなかで携帯電話が震え始めた。テーブルの下でさっと画面を確かめた。マーニー・マリンズからの不在着信が一件。電話をまたポケットにしまった。

「おたくが引き取る前からタトゥーが入ってたことを証明できますかね」ローリーはネズミのにおいを嗅ぎつけた狩猟用テリアのように食い下がった。

「ありますよ。わたしが引き取ろうと申し出る前にシェルターから送られてきた写真がまだファイルに残っているはずですから」

「それでも、おたくの猫の件は動物愛護協会に通報することになりますよ」ローリーは言った。

イシカワは動じる様子もなくローリーを見つめた。

この事情聴取は時間の無駄になりそうだという予感がした。フランシスはマーニーから借りた展覧会の図録をテーブルにすべらせ、イシカワの前に置いた。

イシカワはそれに視線を落とした。何なのかはすぐにわかったようだが、手に取ろうとはしなかった。

「いま起きていることがわたしの展覧会に関係していると考えているわけですか」

フランシスのポケットのなかで携帯電話が震えた。今度もマーニー・マリンズからだった。いまは話すタイミングではない。

「ぼくがミズ・マリンズと一緒にうかがったとき、何もおっしゃらなかったのはなぜです？」

イシカワは意外そうに眉を吊り上げた。「なぜって、何を言えと？　あのとき聞かれたのは、タトゥー一つのことだった。展覧会そのものに意味があるとは思えませんでしたよ」

「それが共通点かもしれないと考えています」

「展覧会と、いったい何を結ぶ共通点ですか」

「複数の殺人事件です」

イシカワの頭をいくつもの考えがよぎったのが表情の変化からわかった。特定の時間帯の居場所、猫の件、被害者同士の共通点。信じがたいといった顔をしている。

「わ、わ、わたしが関わっているかもしれないと思っているんですか」

「ヤクザの死後、刺青を切除して保存することがあると教えてくれたのはあなたです」

イシカワは椅子を後ろに押しやり、腕と脚を組んだ。典型的な防御の姿勢だ。「弁護士を同席させたいな。弁護士が来るまで、もうひとことも話しません」

フランシスの電話がまたもや震えた。

廊下に出てマーニーの番号にかけた。

「あんたって最低」電話がつながるや、マーニーの嚙みつくような声が聞こえた。「信用して友人を紹介したのに、その人を逮捕するってどういう了見よ？」

「マーニー……」

「最初はティエリー。今度はイワオ？　どうかしてるんじゃない？　自分じゃ容疑者の一人も見つけられないってわけ？」

「イワオを取り調べようと言い出したのはぼくじゃありません」

「言い出しっぺが誰かなんて、問題じゃない。イワオの弁護士に連絡しておいたから。そろそろそっちに行くと思う。イワオはハエ一匹殺せない人なの――熱心な仏教徒なんだから。イワオを釈放して、真犯人捜しに注力したらどうなの？　それに、展覧会のアーティストのタトゥーを入れてる人たちに向けて、タトゥー目当てで人を殺して回ってるやつがいるみたいだって警告したほうがいいんじゃない？　罪もない人を容疑者扱いしてる暇があるなら」

電話はぶつりと切れた。タトゥーのコミュニティに通じる唯一の伝手を失ってしまった。連続して起きている殺人事件は、もしかしたら被害者のタトゥーに関係があるようだと考え始めたところだというのに。

ローリーが廊下に出てきた。

「イシカワの弁護士が受付に来てるらしいぞ。どうしてこんな早く来たのかな」

「タトゥー界の情報ルートを通じて伝わったからです。つまり、マーニー・マリンズから」

一時間後、イシカワと弁護士を送り出したあと、二人はふたたびブラッドショーのオフィスに向かった。

ブラッドショーは猛り狂った。「唯一の容疑者を釈放しただと？」

「拘留する根拠がありません」フランシスは言った。

「アリバイがあったのか」

「いいえ。しかし……」

「とすると、まだ可能性はあるわけだな」

「厳密にはそのとおりです。しかし、彼が犯人だとは思えません」

ブラッドショーはうんざり顔をした。「やれやれ、勘に頼る刑事なんぞ勘弁してくれ」

「今週起きた二件とイシカワを結びつける証拠は何一つありません。もしかしたら関連しているかもしれない去年の事件とも」

得体の知れぬ人物ではあるが、だからといって殺人犯だということにはならない。

「フランシスの言うとおり、証拠はありません、警部」ローリーは言った。「それに、一流の弁護士がついてます。勝ち目はなさそうですよ」

「とすると、どうなる?」ブラッドショーが言う。「捜査は振り出しに戻った。そういうことか?」

「警部、記者会見の開催を提案します」フランシスは言った。「世間に警告すべきです。殺人犯が逃亡中であること、特定のアーティストによるタトゥーが入っている人物が狙われていること」

「絶対に許さん」

「しかし、警部」

「裏づけのない単なる仮説をもとに、警察の手の内を犯人に明かすような真似をしたいのか？　たとえその仮説が当たっているにせよ、記者会見など開けば、犯人は地下に潜るだけのことだ。こちらは主導権を完全に失うことになる」

主導権？　現状で、わずかでも主導権を握っているといえるか？

「一週間のうちに二人も殺しているんですよ」

「いまごろもう次の殺しを計画してるかもしれませんよ」ローリーが加勢する。「おれはサリヴァン警部補に賛成です。世間に向けて警告したほうがいい」

「誰がおまえの意見を言えと言った、マカイ？　連続殺人事件だなどという仮説は根拠がお粗末すぎる。わたしは納得していない」

「まったく別々の三つの殺人事件と考える根拠もありません、警部」

「ともかく、仮説など忘れて、証拠を捜すことに注力しろ。次の被害者が出る前に、何か証拠を持ってこい」

「ふう」ブラッドショーのオフィスを出たところで、ローリーが小声でささやいた。「また誰か殺されたら、責任を押しつけられるのは誰になることやら」

フランシスのひくつく顎がすべてを語っていた。

25 マーニー

「よくがんばりました！」

マーニーは、スティーヴが針の痛みを懸命にこらえ、じっと動かないようにしているのを見て、とっさにいつもの嘘を口にした。ふだんより攻めの気持ちで彫っていたかもしれないと反省し、気持ちを落ち着けようと一つ深呼吸をする。今日起きたことに腹が立ってしかたがないだけのことで、スティーヴのせいでもなんでもない。今回は三度目のセッションで、トラを描いた和風のスリーブ・タトゥーの背景にキクの花を描いているところだ。全体を完成させるのに、少なくとももう一度来てもらうことになりそうだ。

「今日はここまでにしようか。背景も完成したし、来週か再来週にでもまた来て。最後の仕上げをするから」

スティーヴは起き上がって施術用テーブルの脇に脚を下ろすと、両肩を回して凝りをほぐした。

「ありがとう、マーニー」スティーヴは今日新しく彫った部分を確かめて満面の笑みを浮かべた。

マーニーはタトゥーマシンから針を外して使用済み針の廃棄ボックスに入れ、インクや血液からマシンを守る使い捨てのカバーを剝がした。スティーヴの腕に保護フィルムを貼りながら、この人はいったい何歳なのだろうと考えた。頭はほぼ完全に禿げているのに、顔の印象は若々しく、分厚いレンズの奥の瞳は明るくきらめいている。初めてタトゥーを入れるにはずいぶん年齢が行っているように見えるが、最近は誰もが年齢に関係なくタトゥーを入れるようになってきているのも事実だ。

「料金はキャッシュで？」スティーヴが尋ねた。

「うん、キャッシュでお願い」マーニーは応じた。「今日はほぼきっかり三時間ね」

スティーヴが紙幣を数えているあいだに、マーニーはラテックスの手袋を外して手を洗った。長い一日だったし、イワオが警察に呼ばれたと聞いたときの怒りが尾を引いて気持ちが高ぶっている。フランシス・サリヴァンはいったい何のつもりでいるのか。イワオが殺人事件に関与しているなんて、本気で考えているわけがない。そうだろう？　イワオが誰かを殺すなんて、ティエリーが関わっていると考える以上にありえない。正直言って、まず考えられないだろう。ティエリーのことは心配だけれど……。

店の入口の来客チャイムが鳴った。誰か来たようだ。マーニーの胃が飛び出しそうになった。スティーヴのタトゥーに取りかかる前に鍵を閉めたつもりでいたのに。スタジオの入口から向こうをのぞいてみると、フランシス・サリヴァンがカウンターに近づいてくるのが見えた。彼だとわかっても不安な気持ちは少しも消えなかった。今度はわたしを逮捕するつもりとか？

「何の用？」マーニーは挨拶も抜きにそう尋ねた。

スタジオ側ではスティーヴがタトゥーを入れたばかりの腕をそろそろとジャケットの袖に通している。フランシスは仕切りのドアの手前まで来たところで、客がいることに気づいた。

「終わるまで待っていますよ」フランシスは言った。

「スティーヴ、こちらはフランク・サリヴァン警部補。フランク、こちらはスティーヴ。わたしのとっても大事なお客さんの一人」フランシスの神経を思いきり逆なでしてやりたかった。〝フランク〟呼ばわりにフランシスが顔をしかめたのを見て、いくらか溜飲を下げた。

「初めまして、フランク」スティーヴが手を差し出した。

フランシス・サリヴァンはその手を握った。飼い猫が外から持ち帰ったものを受け取るような手つきだった。

「例の刑事さんですね？　ほら、タトゥーの殺人の捜査をしてる？」

フランシスはほんの一ミリほど首を動かしてうなずいた。

「びっくりしましたよ、マーニーが死体を発見したなんて」スティーヴが続けた。「もう犯人は捕まったんですか」

「見当違いの人ばかり捕まえてるのよね」マーニーは片づけを続けながら冷ややかに言った。いつになったら真犯人を捕まえるのよ？

「タトゥーが関係してるらしいって新聞で読みましたけど、そうなんですか？　ほんとに？」

フランシスはスティーヴのおしゃべりに顔をこわばらせ、意味ありげな視線をマーニーに向けた。

マーニーは知らぬ顔をした。

「すみません」フランシスがスティーヴに言った。「ミズ・マリンズとお話がしたいのですが」

「あ、そうですよね。こっちこそすみません」

「アフターケアを忘れずにね、スティーヴ」

スティーヴが出ていき、入口のドアが閉まったとたん、マーニーは片づけの手を止めてフランシスと向かい合った。

「何も話すことはないから、フランク。あんなひどいことをする人には」

「別の件で話があります」

「どうしてわたしがあなたと話すと思うわけ？」マーニーはフランシスに背を向け、ずらりと並んだプラスチックのインクボトルの蓋を閉める作業に取りかかった。

「マーニー、ブライトン市内で、この一週間のうちに二人が殺されました。いずれも、被害者が入れていたタトゥーが何らかの形で関係していると思われます。あなたもご存じですね」

「ふうん、わたしの推理を信じることにしたんだ」マーニーは肩越しにフランシスをにらみつけた。「でも、だからって、ブライトンのタトゥー・コミュニティを土足で踏み荒らしていいことにはならないでしょ？　根拠もなく次から次へと人を逮捕してもかまわないってことにはならない」

フランシスはため息をついた。「まだ誰も逮捕していません。捜査には情報が必要ですから、参考になる話を知っていそうな人から事情を聴かなくてはならないんです。それにはあなたも含まれます」

「わたしの――わたしたちの協力が必要だとか言いながら、どうしてこういうやり方をするわけ？　ただ単にみんなを敵に回してるだけじゃない。わたしやティエリー、それにイワオが殺人事件に関係してるかもしれないだなんて、一瞬たりとも本気で考えたわけじゃないよね」

「あらゆる可能性を検討しなくてはなりません」

マーニーは消毒液のボトルを作業台に音を立てて置いた。自分はフランシスに腹を立てているのだろうか、それとも自分が抱いている疑念に対して？　もしかしたら、自分にこんな反応をさせている不安に対してなのかもしれない。

「いま何より優先しなくちゃならないのは、みんなに警告することでしょ。タトゥーを入れてる人を狙って殺人犯がうろついてるなら、せめてみんなに知らせなくちゃ。新聞もテレビも何も言ってないよね――タトゥーを服で隠して用心するようにって誰も呼びかけてない。どうして？」

「それは上司が……」

「上司って？　捜査の責任者はあなたなんじゃないの？」

フランシスの頬がひくついた。「外界と隔絶された状態で仕事をしているわけではありませんから。こういった事件の捜査ではそれなりの目標が設定されていて、それをクリアする必要があるんです」

「警察にも数字のノルマがあるのよね。知ってるよ。前にも経験したから」あれはフランスで起きたことだった。同じことがここでも起きようとしている。それが一番楽なやり方だから。

マーニーはついに片づけ作業を中断して、フランシスと向き合った。

フランシスは湯気を立てて怒っていた。「いや、あなたにわかるわけがない。短期間で結果を出せというプレッシャーにさらされる気持ちがわかるわけがありません。そのうえマスコミにもしつこく追い回されて」

「それも仕事のうちじゃないの？　プレッシャーに耐えることも。そうだよ、また誰か殺されたりしないように、さっさと結果を出したら？　手始めに、こういう事件が起きてることを世間に知らせるとか」

「それはできません。パニックが起きるかもしれない」

「あなたがやらないなら、わたしがトム・フィッツに話す。新しい記事を書いて、みんなに呼びかけてもらう。いまはまだ、発見された死体の基本的な情報しか知らないわけでしょ。扇情的な記事が書けるネタを探してるだろうし」

フランシスはため息をついた。「トム・フィッツと関わらないでください、マーニー。情報をどこまで公にすべきかの判断は警察がします。これ以上、噂話に燃料を投下したくない」

「そう思うなら、大急ぎで何かしなさいよ」

マーニーはそう念を押したが、フランシスは答えなかった。無言のまま、スタジオの隅にあった華奢な木の椅子に腰を下ろし、両手で目をこすった。疲労とストレスに押しつぶされかけているのだろう。しかしマーニーはさほどの同情を感じなかった。警察が手っ取り早い方法を選択するとどのような結果になるか、身をもって知っている。マーニーが経験したことは、裁判所の誤審によって無実の人間が刑務所に送られたというのとはおそらく違うが、事実関係にそぐわない判断であったことは間違いない。

「コーヒーでも飲みにいきませんか」フランシスが言った。

二軒先のこぢんまりとしたカフェの隅のテーブルにつき、注文した――フランシスはアメリカンをブラックで、マーニーはマキアートをトリプルで。

「で、わたしに何を訊きたかったの？」敵意を隠すことなくマーニーは訊いた。

「イワオは犯人ではないと思うのはなぜか」

マーニーはあきれて首を振った。「よしてよ、フランク。犯人は誰なのか、それを証明するのがあなたの仕事でしょ。誰は犯人じゃないか、わたしが証明してみせたって無意味じゃない？　それに、納得のいくような説明はできない。わたしはイワオって人をよく知ってる、それだけのこと。あんなことができるような人じゃないの」

「でも、ティエリーならできる。違いますか」

「それ、どういうつもりで言ってる？」

　マーニーは立ち上がった。

「マーニー！」その声に震えるような怒りを聞き取って、マーニーはおずおずとまた座った。「ティエリーが犯人だとは、ぼくも思っていませんよ。それでも、彼のことをもう少し知る必要があります。警察の記録によれば、薬物売買と重傷害の罪で有罪判決を受けたことがありますね。そのことを話してもらえますか」

「薬物売買のほうは説明はいらないよね。大々的な取引をしてたわけじゃないの。片手間にやってただけ。スタジオに来る人に売ったりとか。アレックスが生まれて、お金に余裕がなかった。わたしは何カ月か仕事を休まなくちゃならなかったし」

　フランシスは、事情はわかったというようにうなずいた。

「二度くらい逮捕された。それだけ」

　ティエリーと離婚するに至った理由の一つは薬物の売買だったが、そこまで話すつもりはなかった。いくつもあった理由のなかの一つにすぎない。浮気とか。彼が酒に酔って暴れるたび、ポールのことを思い出してしまってつらかったとか。マーニーの人生のあの時期は、フランシス・サリヴァンには関係のないことだ。

「重傷害のほうは？」

「ハート&ハンドで男の人を殴ったの。ずいぶん前の話」

「原因は？」

マーニーは時間稼ぎのためにマキアートを一口飲んだ。「新聞にあれこれ書かれたことがあって、その男の人――わたしたちのよく知らない人だった――にひどいことを言われたから」

「新聞に書かれたというのは、ティエリーが薬物売買で有罪になった件？」

「違う。わたしのこと。その人、いきなり寄ってきて暴言を吐いたの。それでティエリーが殴っちゃったわけ」

「それだけ？」

「それだけ」マーニーは話題を変えたかった。それもいますぐ。フランク・サリヴァンに過去を嗅ぎ回られるのなどごめんだ。自分の過去も、ティエリーの過去も。

フランシスはコーヒーを飲み終えたあと、しばらく黙っていた。

「マーニー。一つ訊いてもいいですか」

「どうぞ」

やめて。

「ティエリーのことではないんですが」

「何でも訊いて」

お願い、やめて。

「以前、服役したことがありますね」

それはただ一つ、マーニーが避けたい話題だった。

「あるけど」

「警察のデータベースを調べても、記録が出てきません」

マーニーはいらだちを露わにした。「フランスに住んでたときのことだから」

「ああ、そうか、だからですね。でも、何の罪で？」

「それ重要なの？」

「いいえ。しかし……」

「人を刺した」

記憶が蘇って視界を埋め尽くし、マーニーの強がりはぺしゃんこに押しつぶされた。ナイフの刃が放つ鈍い光。血。たくさんの血。深夜の通りに鳴り響いたサイレンの音。警察官の話すフランス語は早口で、ほとんど理解できなかった。マーニーはどうにか息を吸いこみ、声を絞り出した。

「聞こえた？　人を刺したの」

フランシスの顔から血の気が引いていた。たったいま自分がした質問を取り消したい

――そんな表情をしていた。

VIII

生きた人間の皮膚を剝ぐのはどのような感じか、想像してみたことはあるだろうか。きっと一度もないだろう。わたしはしじゅう想像する。ほかのことをしているとき。夜、ベッドに入ったあと。ちょうどいまのように静けさに包まれたひととき。わたしはいま、リストの次のターゲットが仕事を終えるのを車のなかで待っている。その男の日々の習慣を知り、性格を把握して計画を立てるためだ。男は背が高く、頻繁にジムに行く。毎日だ。早くあの体から皮膚を切り取りたい。リンゴの皮をむくように、あのタトゥーを剝がすのが楽しみでならなかった。

実際には、リンゴの皮をむくのとはだいぶ違う。生きた人間の皮膚は、リンゴの皮よりもずっとしなやかで弾力に富んでいる。それに、二つはまるきり別のテクニックだ。何より難しいのは、剝がしたい部分の輪郭に沿って切れ目を入れたあと、いざ剝がし始める瞬間だ。ナイフの刃の先端を切れ目に差しこみ、皮膚の端を持ち上げながら刃を左右に揺らし、持ち上げた皮膚と、その下の白い筋膜とのあいだに小さな隙間を作る。人によっては、皮下脂肪とのあいだに。指でつかめるくらいまで皮膚が浮いたら、ナイフを使って肉と切り離しつつ、皮膚を剝がしていく。

体のどの部位の皮膚を剝がすかによって、血はほとんど出なかったり、洪水のようにあふれ出たりする。止血の努力はしない。したところで何の意味がある？　わたしの獲物はかならず死ぬのだし、何より大切なのはタトゥーを傷つけずに剝がすことなのだ。最後にナイフで皮膚を切り離す瞬間の達成感は、何物にも代えがたい。凍えるような夜の屋外であろうと、湯気が立つほど温かくて湿ったそれを両手で広げると、保存処理となめしがすんだ完成品がありありと目に浮かぶ。

わたしのように、心の底から愛せる仕事に就いた幸運な人間は決して多くない。これは夢の仕事といっていいだろう。報酬も悪くないが、正直な話、たとえ無報酬だったとしても、わたしはやるだろう。コレクターの依頼ならたいがいのことは引き受けるだろうが、幸いにも、コレクターはわたしの特殊なスキルの価値を認めている。この仕事は、わたしとコレクターの両方の欲求を満たす。コレクターは、これまでにわたしが仕上げた作品を気に入ってくれている――わたしたち二人は特別なコレクションを築こうとしている。

目当ての男が勤務先のビルから出てきて、車を置いた駐車場に向かって歩き出した。タトゥーは見えない。職場ではいつも安手の黒いスーツを着ている。同じ会社の同僚は、あの男がタトゥーを入れていることさえ知らないのではないか。男は保険の電話セールスの仕事をしていて、その憂さを晴らすように、夜になると無分別な行為に没頭する。クラブで遊んでいるところも見た。タトゥーとダンスのうまさを見せびらかしていた。公衆便所でドラッグを買い、同じように忘却を、あるいは安っぽい快感を求める男たちと一緒に暗い路地の奥に消えるのも見た。

そのときが来たら、あの男は楽な標的になるだろう。あとは割って皮をむくだけの熟れた果実。全身を覆うように入ったボディスーツ・タトゥーを、わたしは大きな二つのピースに分けて一センチずつ剝がしていく。ああ、きっと大量の血が流れるだろう。いまから口のなかで血の味がしているような気がする。

もうあまり長くは待てそうにない。

26 フランシス

祈らなくてはならないことはわかっていた。しかし、フランシスは前夜の衝撃をまだ引きずっていた。

マーニー・マリンズは人を刺した。

マーニーはそれ以上ほとんど何も話そうとしなかったし、わずかに話した事実もフランシスはうまく理解できなかった。きっと正当防衛だったのだろうと想像したが、マーニー本人はそうではないとはっきり言った。それに、考えてみれば、彼女はその罪で服役しているのだ。なんとしてももっと詳しく知りたかったが、情報を探しても手に入りそうにない。誰を刺した？　どうして？　どんな状況で？　また祈りに意識を戻そうと試みたが、集中できたのはほんの一瞬だけだった。

ついにあきらめ、ひざまずいた姿勢から立ち上がると、堅い木のベンチに座るローリーの隣に腰を下ろした。二人は聖ペテロ教会の信徒席の最後列にいる。フランシスがいつも通っている教会とは別だが、この教会の勝手はよく知っているし、何度か礼拝にも出たことがある。ローリーは隣で居心地悪そうにしていた。日曜ごとに教会に行くタイプではないのだろう。しかし葬儀や追悼ミサへの参列は刑事の仕事の範疇《はんちゅう》だ。殺人事件を扱う刑事は被害者の遺族に敬意を示すべきだからだ。それに、どんな人物が葬儀に参列していたか確かめる絶好の口実にもなる。

聖ペテロ教会は、チャールズ・バリーの設計による巨大なネオゴシック建築で、身廊の奥に天まで届くように高い円柱や美しいステンドグラスの窓がある。フランシスはこの教会を愛していた。ウィリアム神父に対する義理がなければ、聖キャサリン教会ではなくここに通うことにしていたかもしれない。今日執り行われているのは、正確には葬儀ではなく追悼ミサで、棺は安置されていない。祭壇の階段の上のイーゼルに大きく引き伸ばしたエヴァン・アームストロングの写真があり、その左右に豪華なフラワーアレンジメントが飾られている。大勢の参列者が静かに教会の奥へと進む。窓から明るい陽光がふんだんに射しているのに、教会内は重苦しい雰囲気に包まれていた。

「殺人犯の何割くらいが、自分の殺した相手の葬式に参列するものなのかな」ローリーが手で口元を覆ってささやく。

ほとんどの殺人犯は被害者と親しい関係にあることを考えると、その割合はかなり高いだろう。フランシスは人差し指を唇に当て、エヴァン・アームストロングの家族や友人たちを観察することに集中した。父親のデイヴと母親のシャロンは最前列に座っている。一緒にいる若い女性はおそらくエヴァンの妹だろう。三人とも黒い服は着ていなかった。デイヴは紺色のスーツ姿で、この場にふさわしい地味な服装といえそうだが、シャロンは鮮やかな赤紫色のコートを着ていた。しかしそのコートの色とは対照的に、シャロンの顔は青ざめてやつれている。前回会ってからほんの一週間のあいだに、顔の皺がひときわ深くなったように見えた。

短い通路を最前列に向かって歩いたとき、シャロンはデイヴの腕にしがみつくようにしていたし、デイヴは妻がいまにもくずおれるのではと心配しているかのように、体を支えてそっと席に座らせた。丸めたティッシュで目もとを拭いながらすすり泣いている妹は、いろんな茶色と緑色を寄せ集めたような服装をしている。足首まで届く錆色のロングスカートの裾から、泥のついた茶色のブーツがのぞいていた。庭いじりの途中で呼び出されたとでもいった風だ。フランシスは、葬送の場では絶対に黒い服を着るべきだと固く信じている――いまの時代、黒い服はふだんにも問題なく着られるのだから。しかしアームストロング家はおそらく、あまり信心深い人々ではないのだろう。

エヴァンの家族や親戚と、彼の知人や友人とのあいだには、目に見えるような大きな溝が横たわっていた。家族や親戚は、シャロンとデイヴに顔立ちや雰囲気がよく似ていて、身内の死という残酷なできごとによって日常生活を中断させられたふつうの人々だ。ほぼ全員が最前列まで行ってシャロンを抱き締め、デイヴの手を握ったあと、それぞれ席を見つけて腰を下ろし、私語をせずに式が始まるのを待っている。

一方で、エヴァンの友人たちは教会の入口のすぐ外に集まったまま、まだ入ってこようとしない。教会のなかに入るのは、知り合いの死という現実を突きつけられるようで怖いとでもいうように。フランシスは振り向いて彼らを観察した。先日のタトゥー・コンベンションで見たような人々が大部分だった。黒ずくめの服、きれいに剃り上げた頭、あるいは派手な色に染めた髪、大量のピアス。そして、厳粛な場だというのに、タトゥーを隠していない。遠慮のない様子でもあった。若い女たちは大きな声で泣いていて――どこか競い合うように、とフランシスは心のなかで付け加えた――男たちは抑えた声量ながら早口でしゃべり続けている。

オルガンの演奏が始まると、友人たちもそろそろと教会に入ってきて席についた。マーニーとティエリー・マリンズが一緒に来たことにフランシスは気づいた。タトゥーだらけの男が二人、ティエリーとフランス語で話している。ローリーがフランシスの脇腹をそっとつつき、自分も二人に気づいたことを伝えてきた。四人で席についたところで、マーニーが振り返ってフランシスをにらみつけた。フランシスはかすかにうなずいてみせたが、そのときにはもうマーニーは前に向き直っていた。控えめな黒いスーツ姿のイシカワ・イワオも入ってきて、マーニーがいる列の端に腰を下ろした。彼もエヴァンを知っていたのか？　イシカワはフランシスに刺すような視線を向けたあと、マーニーに何ごとかささやいた。

遅れてきた参列者が後ろのほうの空いた席をばらばらと埋めた。ローリーとフランシスはベンチの上で尻をずらして詰め、頭のてっぺんから爪先まで——手袋も、黒いベールのついた小さな帽子も——黒ずくめの大柄な女性のために場所を空けた。座っていても、女性のほうがフランシスより頭一つ分近く背が高かった。エヴァンの未婚の叔母か誰かで、道に迷ったか、駐車スペースを探すのに手間取ったかして遅くなったのだろう。女性が二人に小声で礼を言ったちょうどそのとき、教区司祭が進み出て話し始めた。短い礼拝のあいだにもさらに何人かが足音を忍ばせて入ってきて後方に立った。

遺族に向けて慰めの言葉をかける司祭の話を聞きながら、次に追悼ミサや葬儀に参列することになるのはいつだろうかとフランシスは考えた。母の葬儀となると、話が少し変わってくるだろう。

母は何年か前、フランシスと相談しながら葬儀の手配をすませていて、結婚以来ずっと日曜には欠かさず礼拝に出ていた田舎町の小さな教会——フランシスが洗礼を受けた教会でもある——で執り行われることになっていた。そのようにあらかじめ心の準備ができていれば、姉とフランシスにとって、母を見送る悲しみも少しは軽くなるだろうか。両親が結婚式を挙げたのもやはりその教会だったが、父は母の葬儀には顔を見せないだろうという気がした。

　そんなことをつらつらと考えているうちにエヴァンの追悼ミサはいつのまにか終わったらしく、司祭と従者の列が側廊を去っていく気配で、フランシスは我に返った。

　教会の外に引き上げてもなお二つの集団は互いに距離を置いていたが、エヴァンの友人の何人かが遺族に挨拶をしにいったため、部分的には混じり合うことになった。フランシスとローリーは端のほうに立ち、無言で参列者を観察した。ホリンズには教会の向かいに車を駐め、ズームレンズを使って一部始終を録画するよう指示してあった。ローリーがさっき疑問を呈した、殺人犯が追悼ミサに参列する可能性について、フランシスはかなり高いだろうと考えており、ホリンズが撮影した動画を徹底的に分析し、参列者全員の素性とエヴァンとの関係を割り出すつもりでいた。『アーガス』のトム・フィッツも同じ思惑を抱いているらしく、参列者のあいだを歩き回って次々に写真を撮っていた。

「まだ犯人を捜しているんですか」イシカワ・イワオがフランシスの隣に現れた。「顔を見れば犯人だとわかるわけですか」

　イシカワはそれだけ言うと、フランシスに答える暇を与えずに立ち去った。

何度引き剝がしてもフランシスの目はどうしてもマーニーに吸い寄せられた。マーニーは、彫りたてらしい色鮮やかなトラのタトゥーを右腕に入れた背の低い男と話していた。昨日の夜、マーニーのスタジオで会った男だ。一方で、頭のなかでこだまのように何度も反響し、フランシスの思考を占領しているのは、昨日のマーニーの言葉だった。

聞こえた？　人を刺したの。

フランシスが考えていることが聞こえたかのように、マーニーが会話を中断してフランシスの目をまっすぐに見つめた。それは決して親しみのこもった視線ではなかった。フランシスは目をそらし、通りを渡ってホリンズに声をかけた。ホリンズはとくに隠そうとすることもなく、運転席側の開いた窓越しにビデオカメラのレンズを教会に向けていた。

「一人残らず撮影してくれよ、カイル」

「了解、ボス」ホリンズはファインダーに目を当てたまま応じた。

「とくに〝タトゥー愛好会〟の面々を確実に頼むぞ」

「ええ、そこに注力してますよ」

背後から肩を叩かれて、フランシスは勢いよく振り返った。

マーニー・マリンズが、怒りを武器のようにフランシスに向けていた。

「わたしたちをビデオに撮ってるの？　そもそも来る資格もないのに？　生きてたころの

エヴァン・アームストロングと知り合いでも何でもなかったでしょ」

「あなたは知ってたんですか」

マーニーは不意を衝かれたように口をぱくぱく動かしていたが、まもなく答えた。

「ティエリーのお客さんだったし、シャルリやノアと仲がよかった時期があるの。わたしたちは参列する資格がある。あなたにはない」

「ティエリーはエヴァンをあまりよく思っていないような印象を受けましたが。料金を踏み倒されたから」フランシスは言った。「いずれにせよ、ぼくらにも資格はありますよ。エヴァンを殺した犯人を捜しているわけですからね」

「ここで？　追悼ミサの場で？　少しは遺族の気持ちを考えたら？」

「集まっているのは、エヴァンが知っていた人たちです」

「あなたやあなたの部下は別だけどね」マーニーは嘲るように言った。

「ぼくらは同じ側の人間だと思っていましたよ、マーニー」

「あなたはどちら側の人なの、フランシス？」

「正義の側です。善の側」

その言葉は、フランシスが意図しなかった意味をもって伝わったらしい。マーニーは刺すような目でフランシスを見たあと、くるりと向きを変え、エヴァン・アームストロングの妹と話しているティエリーのほうに戻っていった。

フランシスはその後ろ姿を目で追った。車のところに来て、自分たちの存在に注意を引くような真似などしなければよかったと後悔した。マーニーの怒り、マーニーの敵意がまだ心に突き刺さっているような気がする。しかしティエリーに向かって何やら早口に話している姿には、これまでフランシスが気づかずにいた繊細さが感じられた。彼女の過去には闇がある。それはフランシスも知っていた。しかし、現在はどうなのだろう。この事件の鍵を握っているのは、マーニーなのだろうか。

Ⅸ

　わたしは葬儀に来ている。エヴァン・アームストロングを知っていた全員がここに寄り集《つど》っている。それに、こうして見回してみると、エヴァンと縁のなかった人間もかなりの数いるようだ。警察からも大勢来ていた。デザインより歩きやすさ優先のエアウェアの靴をスーツに合わせるのは、警察の人間くらいしかいない。連中はわたしを捜しているのだろうが、何を——誰を——捜せばいいのか、本当にわかっているわけではない。そう思うと少し哀れになった。

　連中がわたしを見ていないおかげで、わたしは連中を存分に観察できる。興味深い力学が働いているようだ。指揮官だろうと思った年長の刑事は、指揮官ではないらしい。はるかに若い刑事の指示を受けている。ああ、そういうことか。あの赤毛の若い刑事は学校を出たばかりの新米に見えるが、知性をブタの汗みたいにしたたらせている。甘く見てはいけない。

とはいえ、犯人捜しとなると役立たずのようだ。

遺族は打ちひしがれている。わたしの行為が彼らを悲しみの底に突き落としたのだと思うと、自分が誇らしくなった。わたしの仕事がなければ、この集まりも開かれなかった。このわたしのせいなのだ。あの気の毒な女の頬を涙がとめどなく伝い落ちているのも、妻を支えようとして夫が伸ばした手が小刻みに震えているのも。研ぎ澄ましたわたしのナイフは、エヴァンの皮膚を切り取ったように、二度と消えない深い傷を彼らの心に刻んだ。その傷の痛みは、わたしの仕事ぶりに対する彼らの称賛だ。ああ、ロンに見せたかった。わたしのしたことを。わたしのしていることを。不思議なもので、実父もここにいたらよかったのにとさえ思った。もちろん、父は衝撃を受けるだろう。だが、わたしにも才能があったことをついに認めるだろう。実父のことを考えていると、やりきれない気持ちになる。だから、集まった人々の観察に専念することにした。

タトゥー・コミュニティの主立った面々が一堂に会している。つまらない嫉妬や足の引っ張り合いを忘れたふりをしている。悲しんでいるふりをしている――連中のほとんどは面識さえなかった誰かが死んだから。それにあのグルーピーじみた女たち。黒いハンカチを目もとに押し当て、悲しくてたまらないといった風に泣きじゃくっている。しかし本音をいえば、その涙はこのあとパブで飲んだくれる口実にすぎない。

しかし、マーニー・マリンズは違う。教会を出るとき追い越されたが、あの女の頬には涙一粒こぼれていなかった。美しい女だが、ためこんだ怒りが爆発しかけて体を震わせている。誰に怒っているのだろう。いったいなぜ？　まあ、そのうちわかるだろう。

葬式にもぐりこむと、実にいろんなことがわかるものだ。心の皮を剝がれたかのように、本当に痛みを感じている者もなかにはいる。しかしほかの連中は芝居をしているだけ、社会が求める役割を演じているだけだ。交流は深まり、そこにこのあと開かれる集まりでアルコールが加われば……。

わたしは観察し、そこから学ぶ。

マーニー・マリンズが若い刑事と話している。刑事の顔が赤くなった。決して友好的な会話ではなさそうだ。マーニー・マリンズは目を吊り上げたまま立ち去った。刑事はすがるような目でその後ろ姿を追っただけだった。あの女について何か悔やむようなことがあるのだろうか。刑事の目は、まるで子犬のようにマーニー・マリンズの後をついて回っている。

わたしの鼓動は切ないほど速くなった。コレクターが来るのが見えたからだ。

27 マーニー

ミサのあと、生前のエヴァンが好きで通っていたパブ、ハート&ハンドで故人を偲ぶ会が催された。追悼ミサに参列した全員が入れるほど大きな店ではなく、開会と同時に店の前の通りにまで人があふれた。この店は、エヴァンが殺害された夜のティエリーのアリバイとなった場でもあるわけで、皮肉なものだとマーニーは思った。フランシスから、マーメイドのタトゥーを入れた女の話は聞いていた。今日、ここに集まっているなかにきっとその尻軽もいるだろう。マーニーは一つ深呼吸をし、下唇を噛んだ。まったく腹立たしい。ティエリーと離婚してもう何年もたつのだ。彼が誰と寝ようが、どうでもいいではないか。問題は、そうわかっていてもやはり気になってしかたがないということだ。

堅苦しい教会からの解放感も手伝ってのことだろう、偲ぶ会はパーティの様相を呈し始めていた。タトゥー・コミュニティに属するエヴァンの友人たちは、酒のグラスを片手に、近況報告を交換したり噂話で盛り上がったりしている。入れたばかりのタトゥーがあちこちで披露され、褒め言葉や冷笑がそれに向けられ、最近開催されたコンベンションで見聞きした話が交わされた。ついさっきまで大泣きに泣いていた若い女たちは、同じくらい大きな声で笑っていて、マーニーは、店の片隅で肩を寄せ合っているエヴァンの家族が気の毒になった。

眉を寄せて超満員のパブに視線を巡らせた。ティエリーはマーメイドのタトゥーの女といるのだろうか、それとも新入りの見習いといるのだろうか。答えはすぐに見つかった。ティエリーは店の隅のほうにいて、見習いと顔を寄せ合って何かささやいているところだった。怒りがこみ上げて、マーニーは背を向けた。

「あの子は未成年じゃないよ」耳もとで声がした。「十八歳になったばかりだけどね」いつのまにかノアがすぐ隣に来ていた。片方の手を上下させて、酒のおかわりがいるならもらってくるよと暗に伝えた。

遠慮する理由はなかった。車で来ているわけではないし、午後からタトゥーを彫る予定もない。もう一杯くらい飲んだってかまわないだろう。この会にあと一時間か二時間つきあうことになるなら、ささくれだった気分をアルコールの力で少しなめらかにしておいたほうがいい。

「そうね。ありがとう」

ノアが戻ってくるのを待っていると、今度はイワオがやってきた。

「知り合いだったの？」マーニーは尋ねた。

「エヴァンのことかい？　いや。ただ、今度のことをジョナ・メイソンに話したら、自分の代わりに葬儀に出てほしいと頼まれたものだから」

「彼はカリフォルニアに？」

「そうだよ。エヴァンのご両親にお悔やみの気持ちを伝えておいた。自分のタトゥーが理由でエヴァンが殺されたのかもしれないと知って、ジョナはずいぶん心を痛めていた。犯人逮捕につながる情報に賞金を出そうかと検討しているらしい」

「へえ、そこまで？　だけど、ジョナのせいじゃないよね、どこかの誰かがエヴァンの体からジョナのタトゥーを切り取ったとしても。エヴァンはほかにもたくさんタトゥーを入れてたわけで、犯人はどれでも選べたんだから」

　イワオは唇を引き結んだ。「展覧会に関するきみの推理が正しければ、話は変わってくるのではないかな、マーニー。どのタトゥーを持ち帰るか、犯人は厳密に選んでいるということになるからね。つまり、被害者も厳密に選んでいると考えられる」

　イワオの背後に、フランシス・サリヴァンが近づいてくるのが見えた。

「信じられない！　警察の人たち、ここにまで押しかけてくるなんて。無礼にもほどがある」

　イワオはちらりと振り返って顔をしかめた。

「しかたないさ、マーニー。それが彼の仕事なんだから。そうは言っても、申し訳ないがわたしは退散するよ」

イワオは身を翻してどこかに消え、入れ違いにノアがワインのおかわりを持って戻ってきた。マーニーの手から空のグラスを取ってバーカウンターに置く。

「どうぞ、ぼくのマーニー。この前会ってからどうしてた？」

マーニーはノアの頰にキスをした。

「ちょっと待っててもらえる、ノア。先にあのいけ好かない刑事を追い払っちゃうから」

マーニーの視界の隅のほうでフランシス・サリヴァンがわざとらしくうろうろしていて、目障りでしかたがなかった。冴えない茶色のスーツは、タトゥー愛好者が集う場で浮きまくっていた。せめてジャケットを脱いでネクタイを取るくらいのことをすればいいのに。まったく、融通のきかないやつ。

「心臓に毛が生えてるみたいね」マーニーはフランシスのほうを向いて言った。

「犯人を捕まえたいのはみんな同じだ。そうですよね、マーニー？」

フランシスは酒のグラスさえ持っていない。場に溶けこもうという努力をはなから放棄している。

「世の中にはね、尊重すべきものもあるんだよ」

フランシスは満員のパブを見回した。ソーセージロールを頬張り、ビールをがぶ飲みしている人々。だが、何も言わなかった。

マーニーはワインを大きく一口あおった。そもそも捜査に協力しなければよかったと後悔し始めていた。フランシスは、一つでもタトゥーを入れている人物を見ると、証拠らしい証拠が何一つなくても、その人を犯人にしたがるようだ。でも、それこそが警察の仕事ではないのか——犯人はこいつだと指し示すような証拠を暴き出すことが。先に犯人を選んでおいて、それから証拠を探すのではなく。

「イワオの展覧会で取り上げられたアーティストのうち、今日は何人が来ていますか」

マーニーはワインを飲みこんでから答えた。

「まずはイワオ。カリフォルニアに住んでるジョナ・メイソンの代理で来たんだって。リック・グローヴァーも来てるけど、その二人だけだと思う」

「ジェム・ウォルシュのクモの巣のタトゥーを彫ったアーティストでしたね」

「そう」

「紹介してもらえませんか」

マーニーの頬が怒りで熱くなった。

「紹介したら、明日にでもリックを逮捕するわけ？　そういう仕組みになってるみたいだものね」

　フランシスはため息をついた。「マーニー、事件に関係のありそうな人物は一人残らず調べなくてはならないんです。その結果、捜査の対象から除外してよさそうだとわかればすぐに除外します」

「言い換えると、リックを紹介してもらいたいのは、ジェムが死んだ夜のリックのアリバイを確認したいからってこと。絶対にお断りだからね、フランク」

「いいですか、マーニー。そうやって偉そうな態度を取るのもかまいませんが、その合間に五分くらいは冷静になってください。あなたのコミュニティを狙っている殺人犯が野放しなんですよ」

「まあね」マーニーは静かに言った。「わたしだってこれ以上の被害者は出したくない。だけど、いま持ってる情報を公表しない警察は、わたしたちが危険だと知ってて放ってることになる。お願いだから、せめて注意するよう正式に呼びかけてよ」

「犯人の行動にも影響を及ぼす恐れがあります」

「でも、それで何人もの命が救えるかも」

　フランシスと話をするのは、煉瓦塀と話をするようなものだった。

「悪いけど」マーニーは言った。「ほかにも話したい人がいるから」

バーカウンターに向かって歩き出したものの、耳の奥の血管が激しく脈を打ち、心臓の鼓動は急激に速くなった。このままではいけない。何もせずただ傍観して、次の被害者が出るのを待つなんてごめんだ。

「ノア。あの椅子を持ってきてもらえない？」マーニーはティエリーの見習いが座っている椅子を指さした。

「お安いご用だ。ちょっと失礼」ノアは椅子の背をつかんで無造作に傾けた。見習いはティエリーの膝の上にすべり落ちた。スカートがおそろしく短くて、パンティが丸見えになった。見習いはむっとした顔をしていたが、ティエリーは笑い、見習いの腰に腕をからみつかせた。それを見て、マーニーの怒りは沸騰しかけた。

「どこに置く？」ノアが訊く。

「カウンターの手前に。そう、そこでいい」

マーニーは椅子に上り、騒がしい店内を見渡した。みなの注意を引けそうなものを探し、フォークを見つけると、それでワイングラスをかんかんと叩いた。

「おーい、ちょっと静かに聞いてくれ」ノアが渋い低音を響かせた。「マーニーから話がある」

みなが振り返ってマーニーを見た。エヴァン・アームストロングの両親、シャロンとデイヴが怪訝そうな顔でこちらを見つめた。

「どうも、こんにちは」マーニーはざわめきが静まったところで口を開いた。「ほとんどの人がわたしのことを知ってると思うけど、初めての人のために自己紹介します。セレスティアル・タトゥーのマーニー・マリンズです。正直言ってエヴァンをよく知ってたとは言えないけど、今日来たのは、エヴァンのお友達だった人が大勢集まるとわかってたから。いまここにいる全員に向けて、とても大事な話をしたいと思います。今日来ていない知り合いにも、いまから話すことをかならず伝えてください」

マーニーは背後のカウンターにワイングラスとフォークを置いた。たくさんの顔が何だろうというようにこちらを見上げている。後ろのほうに立っているフランシス・サリヴァンの顔には、深い失望の色が浮かんでいた。その隣の巡査部長は、怒りでいまにも噴火しそうだった。

「マーニー、お願いだからやめてください」フランシスが言った。まだ何か言おうとしたが、その声は興奮したざわめきにのみこまれた。

「静かに」マーニーは続けた。「警察はこう考えてます。エヴァンを殺した犯人の犠牲者は、ほかにも二人いるみたいだって。その二人の遺体からもタトゥーがなくなってて、持ち去られたタトゥーには一つ共通点があるの。少し前に開かれた《血とインクの魔法》っていう展覧会に招待されたタトゥー・アーティストの作品だということ」やはり後ろのほうにいたリック・グローヴァーがぎくりとしたのがわかった。「これは連続殺人事件で、犯人は次に挙げるアーティストのタトゥーを入れている人を狙ってる可能性があります。イシカワ・イワオ、ジョナ・メイソン、バルトシュ・クレム、ブリュースター・ボーンズ、ポリーナ・ヤンコウスキー、リック・グローヴァー、ジジ・レオン、ジェイソン・レスター、ヴィンス・プリースト、ペトラ・ダニエッリ。みんなに注意を呼びかけたいの。警察にはその気がないみたいだから。いま挙げたアーティストのタトゥーを入れてる人は、夜出歩くときはとくに注意して。一人で外出しないこと。わたしは怖くてたまらない。だからみんなにも油断しないで気をつけてもらいたいの」

ワインを一口あおって一息ついた。その場の全員がいま聞いた名前を反芻している。首を振っている者が大半だったが、一人二人は抑えた声で早口に何か言い、周囲の誰かが入れているタトゥー――名前の挙がったアーティストによるもの――を指さした。マーニーの客の一人、ダン・カーターはカウンターでもらったばかりのビールを一息に飲み干した。怯えた目をしていた。しかし、フランシス・サリヴァンとローリー・マカイの姿はすでにどこにもなかった。厳重に守り抜いてきた秘密が暴かれる事態を受け、対応を協議するためにあわてて署に駆け戻ったのだろう。

「エヴァン・アームストロングとジェム・ウォルシュは、この一週間ちょっとのあいだにブライトンで殺害されました」マーニーは話を続けた。

「ジェム・ウォルシュ？」マーニーの椅子のすぐそばに立っていた女の子が訊く。「ジェム、死んだの？」

「うそでしょ」別の誰かが言った。息をのむ気配が広がっていく――地元紙はさんざん報じていたのに、今日ここに集まっている人々は、かなりの割合で事件を知らずにいたらしい。誰かが飛び出していき、店の入口のドアが大きな音を立てて閉まった。

「ジェムのこと、とてもお気の毒に思ってます」マーニーは言った。

女の子は隣の男性にもたれかかった。男性は床にすべり落ちかけた女の子をぎりぎりで抱きとめた。

「これっていったいどういうこと？　警察は何をしてるわけ？」後ろのほうから誰かが質問した。

それをきっかけにみなが一斉にマーニーに質問を浴びせ、店内はハチの巣をつついたような騒ぎになった。マーニーはティエリーの手を借りて椅子から下りた。自分の役目は終わった。

「どうしてこんなことを？」ティエリーが言った。「次はきみがサリヴァンにあることないこと嗅ぎ回られるぞ」

「あいつがいけないのよ。これで誰かの命を救えたと思いたい。フランクが気に入らないっていうなら、好きにすればいい」

「黙ってたほうがよかっただろうな。あいつはきっとおれたちに八つ当たりしてくる。無用の口出しをしてくるだろうよ」ティエリーは椅子から下りるのに手を貸したときのまま、マーニーの手を握っていた。「こんな事件に関わったのがそもそもの間違いだよ、マーニー。心配でしかたがない」

マーニーはティエリーの手を振り払った。ティエリーが眉をひそめた。

ティエリーは今回の捜査の何が気に入らないのだろう――それに、マーニーをどうしたいのか。言動にまるで一貫性がなかった。事件の話になるとすぐに癇癪《かんしゃく》を起こす一方で、それ以外のときはマーニーのことを心配しているように見える。いったい何を考えているのだろう。

いや、ティエリーが何を考えているかは知らないほうが幸せかもしれない。

28 ローリー

昨日の朝もひどかったが、今朝のボスはそれに輪をかけてひどい顔をしていた。昨日の時点ではこれ以上の惨状はありえないだろうと思ったが、それは間違いだった。今日のボスは遅刻こそしなかったものの、スーツはしわだらけで、髪は昨日のまま洗っていない。

ローリーが出勤したとき、フランシスはすでにデスクに向かっていて、特大サイズのブラックコーヒーを傍らに置いて目の前に広げたメモを熟視していた。

「大丈夫か？」ローリーはメモをのぞこうとしてデスクににじり寄りながら言った。

フランシスが顔を上げた。ローリーが来たことに気づかずにいたようだ。「ブラッドショーは今日どこに？」

「署にはいないな。警視連中と高度戦略会議中だ」

「どこで？」

「ホリングベリー・パーク」

ブラッドショーのお気に入りのゴルフ場だ。

「ちょうどいい」フランシスはまたメモに目を落とした。

ローリーは何がちょうどいいのか説明を待ったが、フランシスは知らぬ顔をしている。けっこう。ローリーにも急ぎの仕事が山ほどある。しかし五分後、いざ仕事に手をつけようとしたところで、ボスにオフィスへ呼び戻された。

「ローリー、ゆうべは良心が痛んで一睡もできませんでした。自分の責任をまっとうに果たしたいというのもありますが、考えるべきことはそれ一つだけではありません」

ローリーは椅子の上でもぞもぞと体を動かした。この話はいったいどこへ向かっている？

「マーニーが警戒を呼びかけて以来、世間はパニックを起こしかけているし、根も葉もない噂が飛び交っています。こうして手をこまねいているうちに新たな事件が起きたら、ぼくらもそれに加担したことになります。行動を起こして、事態を収拾しなくては」

「何をするつもりだ？」

「記者会見を開きます」

「しかし、警部からはっきり言われてるだろう、記者会見はやるなって。命令に逆らってみろ、吊し首にされるぞ」

フランシスは肩をすくめた。「わかっています――しかし、自分の弱さに負けてだんまりを決めこんだせいで人が死ぬようなことがあったら、自分を許せなくなる。それにどのみち、ぼくらの推理はもうリークされたわけです。マーニーがわざわざリークしてくれた。ただし、きちんとした形で公表し直したほうがいい。マーニーの言うとおりです。警戒と自衛を呼びかけるべきでしょう」

本気か。そんなことをしてみろ、地震が起きたみたいなパニックが広がるぞ。

「関わりたくないという気持ちは理解できますよ、ローリー。あなたには家族がいる。首を賭けるわけにはいかないでしょう」

「自分の首は賭ける気か」

「そうするしかありませんから」

むろん、フランシスの言うとおりだ。市民の命を救える可能性が少しでもあるなら、行動するのが警察官の義務だ。しかしフランシスの提案は、上司じきじきの命令に反している。ブラッドショーの堪忍袋の緒がぶち切れた場合、捜査からはずされる危険があるだけでなく、解雇されるかもしれない。ローリーは捜査本部から見えず、声も聞こえない階段に出ると、ポケットから電話を取り出した。

そしてブラッドショーの電話を呼び出した。

記者会見はいつも、ジョン・ストリートに面した警察本部の一階にある一番大きな会議室で開かれるが、いまさかんに取り沙汰されている未確認情報を公式に裏づける会見をぜひとも記録しようと、前代未聞の人数のジャーナリストが最新のデバイスやちびた鉛筆を片手に詰めかけて、大会議室は超満員になった。わずか一週間ほどで殺人事件が二件。大ニュースだ。二件といえば、過去一年間にブライトン市内で発生した殺人事件数の倍に当たるのだから。凄惨な事件の詳細な情報が例によってどこからか漏れ始めると、地元紙だけでなく全国紙の記者が取材合戦に加わった。

ローリーは後方の出入り口から会議室に一渡り視線を巡らせたあと、廊下に出てもう一度電話をかけてみた。さっきメッセージを残したが、ブラッドショーはまだかけ直してこない。この記者会見を中止させるにも、その指示を出せる階級の人間が署には一人も残っていなかった。ローリーはまた会議室に戻った。

フランシスはさっきよりはいくらかしゃんとして見えた。スーツのジャケットを脱ぎ、シャツの袖をまくり上げ——シャツのほうがジャケットよりましというわけではなかったが——髪を水で濡らして後ろになでつけてある。テーブルに用意されたマイクを指でとんとんと叩いてスイッチが入っていることを確かめる。期待をはらんだ静寂が興奮顔のジャーナリストのあいだに広がった。

「おはようございます」フランシスはマイクの音量を試すようにそう言った。

何人かが小声で挨拶を返した。

「わたしは重大犯罪捜査課のフランシス・サリヴァン警部補です。わたしの捜査班は、ブライトン市内で発生した二件の殺人事件の捜査を担当しています。ホーヴ在住のエヴァン・アームストロング氏、年齢三十三歳は、五月二十八日日曜日にパビリオン・ガーデンズで死体となって発見されました。もう一人、ジェム・ウォルシュ氏は、その二日後にパレス・ピアの下で発見されています。ウォルシュ氏の首は切断されていました」

「その二つの事件は関連しているものと見て捜査を？」最前列に座った若い女性記者が質問した。

「質問はのちほどまとめて受けつけます」フランシスは言った。

「犯人は死体からタトゥーを切り取ったという噂がありますが」トム・フィッツだった。

葬儀のあと、パブにいてマーニーのスピーチを聞いていたわけではなくても、あとでその概要をどこかで耳にはさんだのだろう。衝撃的なニュースだ、市内のバーやパブはその話で持ちきりだったに違いない。

「昨日のエヴァン氏の葬儀のあと、さまざまな噂が取り沙汰されていることは承知していますす」フランシスが話を続けた。「こうしてみなさんに集まっていただいたのも、そのためです」

会議室後方のドアが開いて、フランシスは一瞬凍りついた。ブラッドショーがなかに入ってドアを閉め、ローリーの隣に来た。淡い黄色のセーターと紺色のチノパンツという服装で、足もとはゴルフシューズのままだ。激怒の表情を浮かべているが、無言でいた。

ブラッドショーの登場により、フランシスのペースが乱れ、いったん話を中断して体勢を立て直そうとしているあいだ、集まった記者たちのあいだから焦れたささやき声が漏れた。

「これらの事件の犯人は、先ほど質問にあったように、被害者の遺体からタトゥーを切除して持ち去っていると考えて間違いなさそうです。事件の動機はまだわかっていませんが、被害者を選ぶ基準や持ち去られたタトゥーについて、より詳しく調べているところです」

「マーニー・マリンズは、《血とインクの魔法》という展覧会に触れていましたが」トム・フィッツが発言した。「この展覧会と事件には何か関連があるんでしょうか」

「それは憶測にすぎませんし、関連があると根拠もなく断定することはできません。関連を裏づけるたしかなものは何一つ見つかっていません。一方で、それは今日こうしてみなさんに集まっていただいた理由の一つでもあります。どんなアーティストの作品であれ、タトゥーを入れている市民に向けて、広く警戒を呼びかける必要があります。日没後は一人で出歩かないこと、公の場ではタトゥーを隠すこと、協力して身を守ること」

フランシスがそこで間を置くと同時に、会議室はハチの巣をつついたような騒ぎになった。誰もが一斉に手を挙げて質問しようとし、後ろのほうの席で聞いていた記者たちは立ち上がって我先に前方に押し寄せてきた。ブラッドショーは会議室の端のほうから演壇に近づこうとした。

「最低限の質問にだけ答えます」フランシスは言った。

「容疑者はまだ挙がっていないんですか」市外から来た記者が言った。

「お名前と所属先を教えてください」

「『テレグラフ』のサイモン・エプソンです」

この記者がどんな方向性で記事を書こうとしているか、予想がついた。

「容疑者はまだ挙がっていないんですか、警部補？」記者が繰り返した。

「あいにくですが――捜査の詳細についてはまだお話しできません」

「それはつまり、このタトゥー泥棒の正体にまったく見当がついていないということでしょうか」

「ノーコメントです」

「『ミラー』のリジー・アップルトンです。展覧会の監修を務めたアーティスト、イシカワ・イワオを逮捕したそうですね。その理由は？」

「この事件ではまだ誰も逮捕していません、ミズ・アップルトン。イシカワ・イワオは、捜査に協力してくれている複数の市民の一人です」

ローリーに言わせれば、イシカワ・イワオはいまも間違いなく容疑者の一人だ。

「たとえばマーニー・マリンズのように？」アップルトンが訊いた。

「先ほども言いましたように数人の市民の協力を得ていますが、詳細はお話しできません」

「みなさん、今回の会見はこのへんで」ブラッドショーはフランシスを文字どおり脇に押しのけ、マイクを奪い取った。「来てくださって感謝します。無用のパニックが起きないよう、節度ある報道をお願いします。市民には充分な用心はしていただきたいと思いますが、恐怖に震えて暮らすほどのことはありません」

ここにいてもこれ以上のネタは手に入らないと悟った記者たちは、押し合いへし合いしながら会議室を出ていった。ローリーはフランシスを目で追った。ブラッドショーにつかまる前にさっさと逃げようと、青ざめた顔で出口に向かっている。出ていく寸前に一瞬だけこちらに顔を向けた。短剣のような視線がローリーを刺す。ローリーは少し待ったあと、自分も逃げることにした。ブラッドショーに連絡したのはローリーだと、フランシスに感づかれている。

階段を上っていると、自分のしたことに対する後悔の念が湧き上がった。道徳の観点からいえば、記者会見を開くというフランシスの判断は正しい。おそらく誰かの命が救われただろう。上司の直接の命令に逆らう勇気だって見上げたものだ。ローリーはため息をついた。ブラッドショーに知らせたのは間違いだったとまでは言わない。しかし、後味が悪いのは事実だ。

そのとき、背後から急いで階段を上ってくる足音が聞こえた。確かめるまでもなく、フランシスだとわかった。

「この野郎！」

29 フランシス

ローリーが迷わずブラッドショーに連絡したことは火を見るより明らかで、フランシスのはらわたは煮えくりかえった。記者会見を強行したことは遅かれ早かれブラッドショーの耳に入ることになっていただろう。しかし、だからといって、記者会見がまだ始まってもいないうちから告げ口をすることはないではないか。事件の捜査が遅々として進まないのは当然だ。部下に邪魔されているようでは仕事にならない。ざわついていた捜査本部は、フランシスが入っていくなり静まり返った。全員の目がフランシスを追っている。続いてローリーが、さらにそのすぐあとからブラッドショーが入ってきた。

「わたしのオフィスに来い。いますぐ。二人とも」ブラッドショーは不必要に大きな声でそう言うと、返事を待たずに部屋を出ていった。

フランシスがローリーを見やると、ローリーは肩をすくめた。

「電話してなくても、どのみちおれも一緒にお目玉を食らうことになってただろうよ」

それは謝罪にはほど遠かった。それにローリーのキャリアは、ブラッドショーに電話したことによって傷ついたりはしない。

「とすると、これから狙われるかもしれない市民が、自分が狙われるかもしれないとは夢にも思わず、不用心に街をうろうろすることになっていたとしても、別にかまわないと思ったわけですか」フランシスは尋ねた。「ぼくなら罪悪感で夜も眠れませんけどね」

二人はブラッドショーと安全な距離を保って上階に向かった。心臓が激しく打っているのを感じながら、階段を一段飛ばしで上る。このあと何が待ち受けているにせよ、自分で自分の首を絞めたというしかないだろう。しかし少なくとも、自分の目をまっすぐに見て、ぼくは正しいことをしたと胸を張れる。

ブラッドショーのオフィスに漂う空気は、肌を刺すように冷たかった。ブラッドショーは深いため息をついてデスクの奥の椅子にどさりと腰を下ろした。これから長々しい叱責を聞かされるのだろうとわかっていたが、フランシスもローリーも椅子に腰を下ろす度胸はなかった。ブラッドショーは二人の顔を交互に見たが、その目が最後に落ち着いたのは、フランシスのほうだった。

「いったいぜんたい何を考えていた?」

フランシスは腹をくくった。「誰かの命を救えるかもしれないと考えていました、警部」

「その話はもうしたな。会見は無用だと言ったはずだ」

質問ではないと判断して、フランシスは黙っていることにした。

ブラッドショーは次にローリーに照準を合わせた。「わたしに連絡したおまえの判断は正しかった」

「何が起きてるか、お知らせするべきだと思ったので」ローリーはそう応じたが、目は伏せたままだった。

「情報を公表するかどうかは、おまえが判断することじゃない」ブラッドショーはまたフランシスに視線を戻した。「いまごろ街中でパニックが起きているだろう」

「タトゥー・コミュニティには、葬儀のあとでマーニー・マリンズが警戒を呼びかけましたから」フランシスは言った。「根も葉もない噂が飛び交って、すでにパニックは広がり始めていました」

ローリーはあきれたように天を仰いだ。それを見て、フランシスはよけいにいらだった。

「自分は正しいことをしたと思っています」フランシスは続けた。「誰かの命を救えたかもしれませんし」

ブラッドショーは聞き流した。「噂だけで充分だろうとは思わなかったのか？　それだけでみな怯えて無用の外出を控えるだろうとは考えなかったか？」

「お言葉ですが、警部、情報の流れは捜査班がコントロールすべきだと考えました」

ブラッドショーは鼻を鳴らした。「犯人に教えてやっただけのことだろう。〝我々はおまえの魂胆に気づいているぞ〟とな。これが一人の犯人による連続殺人事件だとしての話だが。犯行は途絶えるだろう。逮捕の可能性はかえって低くなったということだ」

「ぼくはそうは思いません、警部」

「ふん、おまえの豊富な経験がそう言わせているのか」

「いいえ、研修で学んだことが、です。連続殺人犯は目立ちたがりが多いと習いました。もし――あくまでも仮定の話です――もし、ぼくらが疑っているとおり、今回の二件の殺人が関連しているなら、世間の注目はタトゥー泥棒のエゴをくすぐるでしょう。犯行が途絶えて犯人が行方をくらますどころか、逆にやつを誘き出せるかもしれません。街の中心部に多数の私服刑事を配置し、街頭防犯カメラをリアルタイムで監視するというのがぼくの立てた戦略です。うまくいけば次の被害者が出る前に逮捕できます」

「現行犯で逮捕しようというのか？」ブラッドショーは首を振った。「危険な綱渡りだ」

「現行犯で逮捕するわけではありません」フランシスは言った。「世間に危険を知らせたわけですから、犯人が次の犯行に及ぶ機会はないでしょう。市民はみな警戒して互いに目を光らせています。犯人は焦り、これまで以上のリスクを冒そうとして、尻尾を出すだろうと思います」

「ああ、そうとんとん拍子にいけばありがたいね。犯罪統計のことも考えろ。上からプレッシャーがかかっている。全犯罪、なかでも暴力犯罪の発生件数を減らせと言われているんだ」

「この犯人をいぶり出して逮捕すれば、減らせます」

ブラッドショーは人差し指と親指で鼻の付け根をつまみ、唇を引き結んだ。「そう調子よくいくかな。誰かをおとりにすれば可能性があるかもしれないが、殺しのチャンスをつぶすだけで尻尾を出すとは思えない。ほかに選択肢はなさそうだな、サリヴァン。おまえを捜査からはずすしかない。マカイ、別の警部補を探して異動させるまでのあいだ、臨時でおまえに捜査をまかせる」

「しかし、警部。サリヴァン警部補が記者会見を開いたのは、それが最善の策だと考えてのことです」

いまさら弁護しても遅すぎる。ローリーもそのことはわかっているだろう。

「だから何だ？　新しい責任者はおまえだ。おまえはわたしの指示で動く。あの日本人アーティストをもう一度引っ立ててこい。鑑識に言って、法廷で持ちこたえられる物的証拠を掘り出させろ」

「彼を犯人だとする根拠は何一つありません」

「うるさい、サリヴァン。二人とも下がれ」

「こんな勝手なことは許されません、警部」フランシスは歯を食いしばり、言葉を無理に押し出すようにして言った。

「いいや、わたしの好きにさせてもらうよ、サリヴァン。捜査責任者はマカイだ」

ミーティングは終わりだ。

廊下に出るや、フランシスは怒りを爆発させた。「くそ、くそ、くそ！」

捜査からはずされた。ブラッドショーとローリーは見当違いの方角へ捜査を進めようとしている。つまり犯人は何の制約もなく、思うまま犯行を続けられるということだ。フランシスは拳で壁を殴った。激痛が腕を貫いた。

「ちくしょう！」


（下巻へ続く）

刺青強奪人　上

THE TATTOO THIEF

2019年8月7日　初版第一刷発行

著者　アリソン・ベルシャム
翻訳　池田真紀子
校正　株式会社鴎来堂
DTP組版　岩田伸昭
装丁　坂野公一（welle design）

発行人　後藤明信
発行所　株式会社竹書房
〒102-0072
東京都千代田区飯田橋 2-7-3
電話 03-3264-1576（代表）
03-3234-6301（編集）
http://www.takeshobo.co.jp

印刷所　中央精版印刷株式会社

ISBN978-4-8019-1941-9　C0197